Judith Poznan

AUFRAPPELN

DUMONT

DUMONT

Als Judith am Morgen des Karfreitags ihr Bad betritt, ereignet sich etwas Unerwartetes: Aus dem Klo heraus schaut ihr eine Ratte entgegen. Die nächsten Tage werden auch nicht besser, denn aus heiterem Himmel trennt ihr Freund sich von ihr. Jetzt also alleinstehend mit Kind. Die nächsten Monate werden nicht einfach. Die Welt geht unter, mehrmals. Und dann wieder doch nicht. Die Seelenlage gerät durcheinander. Niemand muss den anderen nach einer Trennung am nächsten Tag noch mal wiedersehen – es sei denn, man hat ein gemeinsames Kind. Als Paar scheitern, aber zusammen Eltern bleiben ist das erklärte Ziel. Ein neuer Lebensplan muss also her, für sie drei als Patchworkfamilie, aber auch für Judith als Mutter und Single-Frau. Wie all dies gelingen kann, erzählt Judith Poznan in ›Aufrappeln‹. Sie erzählt von traurigen und ernsten, aber auch von absurden und heiteren Momenten nach einer Zäsur im Leben – aufrichtig, warmherzig und unheimlich witzig.

Judith Poznan wurde 1986 in Berlin-Lichtenberg geboren. Nach ihrer Ausbildung zur Buchhändlerin studierte sie an der Freien Universität Berlin Literaturwissenschaften und Publizistik. Sie schreibt regelmäßig für ZEIT ONLINE, die BERLINER ZEITUNG und SPIEGEL ONLINE. Mit ihrem Instagram-Account (@judith_poznan) erreicht sie täglich Tausende Follower. Bei DuMont erschien 2021 ihr Debüt ›Prima Aussicht‹.

Für meine Eltern

Bleiben will ich, wo ich nie gewesen bin.

Thomas Brasch

Ich wünsch dir Liebe ohne Leiden
Und eine Hand, die deine hält
Ich wünsch dir Liebe ohne Leiden
Und dass dir nie die Hoffnung fehlt
Und dass dir deine Träume bleiben
Und wenn du suchst nach Zärtlichkeit
Wünsch ich dir Liebe ohne Leiden
Und Glück für alle Zeit

Udo Jürgens

I

Es begann alles mit dem Kopf einer Ratte in meinem Klo am Morgen des Karfreitags. Der faulige Kanalgeruch aus dem Abfluss war in den Wochen zuvor schon da gewesen. Und beunruhigende Kratzgeräusche hinter den Badezimmerfliesen. Im Hinterhaus wurden bereits Giftsäcke im zweistelligen Bereich ausgelegt. Einmal kam ein Handwerker, riss die Wand unterm Waschbecken auf, packte auch dort ein Säckchen hinein, und fortan hatten wir eine kleine Tür zu unserer Badezimmerwand, die besser nicht wie von Geisterhand plötzlich aufgehen sollte.

»Da liegt ooch überall Kot«, hatte der Handwerker gesagt.

»Manchmal höre ich so Gefiepe«, sagte ich.

»Ja, dit is deren Nest.«

Wahrscheinlich war es nur eine Frage der Zeit gewesen, bis sich eine von denen zeigen würde. So wie die hier. Die guckte mich an und ich sie. Ihr Kopf war ganz schmal, die Nase spitz, und ihr Fellhaar schwamm im Klowasser. Da war eine Ratte in meinem Klo. Und noch bevor ich irgendwie hysterisch reagieren konnte, zog sich ihr Kopf wieder zurück. War das jetzt wirklich passiert? Manchmal gibt es in einer überraschenden Situation so einen Moment der Irritation. Noch mal hämmerte es in meinem

Kopf: War das jetzt wirklich passiert? Irgendwas zieht ganz schnell an einem vorbei. Eben wollte man aufs Klo gehen, dann sieht man aber einen Rattenkopf, in der nächsten Sekunde wieder keinen, man vergisst, warum man überhaupt aufs Klo wollte, ja richtig, man wollte morgenpullern, die Blase fällt einem wieder ein, der Schalter vom Wasserkocher klappt hoch – klack, war das jetzt wirklich passiert?

Ich nahm mein Handy und recherchierte im Internet »Ratten im Klo was tun«. Ich öffnete die Schublade mit dem Werkzeug, den Kabeln, dem Klebeband in der Überzeugung, Gaffa würde mich beschützen. Ich zog einen langen Streifen von der Rolle, das Geräusch machte Spaß. Was für eine großartige Erfindung Gaffa-Band doch war. Sofort wollte ich noch mehr Sachen gaffern, aber ich konzentrierte mich auf meine Mission. Ich verbarrikadierte das Klo. Fünf silberne Streifen verschlossen das Tor zur Hölle, das ich gerade zu dem Tor der Hölle erklärt hatte. Und ich packte einen hohen Stapel alter Bildbände und Graphic Novels darauf. Ratten, las ich, sind stark. Sie konnten ohne Weiteres das Dreifache ihres Körpergewichts stemmen und sich nahezu überall hindurchquetschen. Die hier würde aber keine Chance haben, rauszukommen.

Ich rief meinen Freund an und sagte: »Ich habe gerade eine Ratte in unserem Klo gesehen.« Was für eine sensationelle Nachricht. Mein Freund sagte nichts. Ich wiederholte: »Ratte! In unserem Klo! Ein dicker, fetter Rattenkopf.«

Bruno sagte: »Bist du dir ganz sicher?«

Ich wusste genau, wie Bruno jetzt dabei guckte. Bruno war kein Augenaufreißer, wenn er etwas Sensationelles hörte. Die Augen wurden eher etwas kleiner, und während er »Bist du dir ganz sicher?« sagte, schob er mit dem Zeigefinger seine Brille nach oben. Sein Bist-du-ganz-sicher-Blick war ruhig und sachlich. Der Zweifel an meiner Sensationsnachricht traf mich allerdings hart. Warum sollte ich mir verdammt noch mal nicht sicher sein? Ich hörte, wie die Stimme vom Sohn am anderen Ende der Leitung lauter wurde.

»Mausi, die Mama hat eine Ratte gesehen!«

»Boah!«, hörte ich und dachte, das ist die Reaktion, die ich erwartet hatte. »Ist die tot?«

»Lebt noch!«, sagte ich.

Ich schaute zum zugegafferten Klo und rekonstruierte den Moment, als ich den Kopf gesehen hatte. Ich war immer noch erstarrt, deswegen war es gar nicht einfach, noch mal zehn Minuten in der Zeit zurückzugehen. Also, ich stand da, klappte den Klodeckel hoch, der Kopf guckte mich an, eine Sekunde, zwei Sekunden, drei Sekunden, und der Kopf tauchte wieder ab. Nicht hastig, nicht wie man es von einem wild lebenden Tier aus einem Rohr erwarten würde, das nur ungern auf Menschen traf. Die Ratte, meinte ich, war vielleicht genauso überrascht, mich zu sehen, wie ich sie. Jetzt mal besser keine schnelle Bewegung machen, ganz entspannt den Rückzug einleiten, die merkt gar nicht, dass ich hier in ihrem Bad bin. Warum ich mich jetzt in die Ratte hineinversetzte, wusste ich nicht.

Bruno sagte, ich solle den Hausmeister anrufen. »Es ist Feiertag«, erwiderte ich. Und fragte mich aber dabei, ob der Kopf einer Ratte in einem Klo ein Notfall wäre. Ist nicht so, dass ich jetzt kein Klo mehr hatte. Es gab schließlich noch das Gästeklo. Das eigentlich nur zum Rauchen von E-Zigaretten von mir genutzt wurde. Den Gedanken, dass die Ratte da auch hochkommen könnte, schob ich schnell beiseite. Bruno sagte außerdem, ich solle das Klo mit Gaffa zubinden. Fast stolz, weil mir dieser Einfall schon längst gekommen war, sagte ich, das Klo sei bereits zugegaffert.

Bruno und ich sind beide sehr überzeugte Gaffa-Menschen, was keine Gemeinsamkeit ist, die man bei einer ersten Verabredung entdeckt und über die man sich freut. Wo einer dann laut aufkreischt, sich ans Herz fasst und sagt: »Oh mein Gott, ich liebe auch Gaffa!« Unsere gemeinsame Liebe zu Gaffa-Band kam erst im zweiten oder dritten Jahr unserer Beziehung zum Vorschein. In einer Schublade liegen zehn Rollen Gaffa in den unterschiedlichsten Farben. Ich habe Bruno mal einen Artikel vorgelesen, in dem stand, für manche Leute sei es ein Ding, auf Gaffa zu kauen. Nur wer Gaffa-Band liebt, liest so etwas vor, und nur wer die Liebe zu Gaffa-Band erwidert, hört sich das interessiert an. Ich legte auf und schaute auf mein Gaffa-Bücherstapel-Ratten-Abwehrsystem.

Zwei Tage waren es noch, bis Bruno mit dem Sohn wieder aus Westdeutschland von seiner Mutter zurückkäme. Zwei Tage, in denen ich allein damit klarkommen musste, dass ich eine Ratte in meinem Klo gesehen hatte oder vielleicht nicht. Zwei Tage, in denen ich mein Buch zu Ende schreiben und an meine Lektorin schicken musste. Und es war fünf Tage bevor Bruno sich neben mich auf die Couch setzte und mir sagte, dass unsere Beziehung zu Ende sei.

*

Der Anruf kam überraschend. Die Redakteurin, für die ich eine Reihe von Kolumnen und Reportagen schrieb, manchmal auch Interviews führte, kam schnell zum Punkt: ob ich mir vorstellen könne, als feste Redakteurin bei ihnen einzusteigen. Die Familienseite, die wöchentlich erscheine, könne einen neuen Anstrich gebrauchen. Ich bat die Redakteurin, ihr Angebot noch einmal zu wiederholen – wurde mir hier tatsächlich eine feste Stelle angeboten? Ich bedankte mich für das Vertrauen, stotterte, ich könne das nun wirklich nicht glauben. Stotterte weiter, ich würde gerne darüber nachdenken. Ich lief aufgekratzt im Zimmer umher, strich mit der freien Hand das Bettlaken glatt, lief zum Spiegel und wieder zum Bett zurück. »Wie lange habe ich Zeit, darüber nachzudenken?«, fragte ich. Zwei Tage. Okay, zwei Tage für eine berufliche Monsterentscheidung. Die Freiberuflichkeit aufgeben und fortan in Bluse an einen Schreibtisch marschieren oder weiterhin zu Hause in Jogginghose als Texterin hauptsächlich mein Geld verdienen. Die Jogginghose war überhaupt nicht zu unterschätzen; ich bekam als Texterin schließlich gutes Geld und hatte gute Arbeitszeiten. Alles, Texterin, Schriftstellerin und Redakteurin, das war mir sofort klar, würde ich nicht sein können. Vor ein paar Jahren noch war ich nichts von alledem gewesen, eben nur eine arbeitslose Schriftstellerin, die aus Versehen schwanger wurde und dann ausschließlich arbeitslos war. Bruno war derjenige, der das Geld verdiente, während ich mich um unseren Sohn kümmerte und in kleinen Schritten, zwischen Milchstau und durchgemachten Nächten, versuchte, in der Arbeitswelt einen neuen Platz für mich zu finden. Dieses Angebot an Arbeit überforderte mich. Meine Eltern hatten im selben Alter nicht an so einem Punkt gestanden. Die Weichen waren mit Ende 20 gestellt worden, und auf diesem Weg fuhren sie immer weiter.

Noch mit dem Handy in der Hand lief ich aufgeregt zu Bruno, in der Überzeugung, der würde gleich seinen Ohren nicht trauen. Bruno saß an seinem Schreibtisch, der Rücken leicht gekrümmt, die Beine überkreuzt. Der Schreibtisch ist ordentlich, nur Dinge, die gebraucht werden, liegen auf der Tischfläche. Ein Block für Notizen mit einem Stift darauf, eine Lampe, eine Kaffeetasse, ein Bild von mir und dem Jungen.

»Bruno, ich soll als Redakteurin arbeiten! So richtig feste. Mit Bluse!«

Bruno schaute von seinem Laptop hoch, sagte sofort

»herzlichen Glückwunsch«, beugte sich zurück zum Laptop und fragte tippend, ob ich den Job machen wolle.

Ich sagte: »Wollen wir das nicht zusammen entscheiden?« Ich setzte mich. »Es wäre schon eine Veränderung für uns alle. Eine, die auch dich betrifft. Wir würden nicht mehr zusammen vormittags zu Hause arbeiten, es gäbe zwar mehr Geld, aber mit der Flexibilität wäre es vorbei.« Bruno tippte weiter. »Andererseits ist es vielleicht mal ganz schön für mich, wieder in einem Team zu arbeiten. Ich habe zwar keine Erfahrung mit Redaktionsalltag, aber vielleicht kann ich mir das schnell beibringen? Oh Gott, was, wenn das gar nicht so schnell geht? Das ist bestimmt ein Job, der vermutlich nicht um 15 Uhr Feierabend bedeutet. Also jetzt sag doch mal was dazu!«

»Ich kann dir diese Entscheidung nicht abnehmen. Ich stimme zu, was auch immer du möchtest.«

»Kannst du mal aufhören mit dem Tippen?«, sagte ich.

Bruno drehte sich zu mir. »Ich bin mit allem einverstanden.«

Darüber schlafen war dann eine Idee von Bruno. Auf so was komme ich nicht von allein.

Am nächsten Morgen sah ich wieder eine Ratte. Dieses Mal im Gästeklo. Das Hinterteil war deutlich zu erkennen. Der Schwanz schwang hin und her wie der Taktstock eines Dirigenten. Ich hörte auf zu atmen, ging vorsichtig zwei Schritte zurück. Jetzt erst fiel mir auf, dass Bruno wieder auf der Couch geschlafen hatte. Vom Bad zur Couch sind es sechs Schritte. Bruno schlief noch fest, also rüttelte ich an ihm und flüsterte: »Ratte im Gästeklo!« Bruno schrak auf, ich presste meine Hand auf seinen Mund und sagte, wir müssten leise sein, damit die Ratte nicht gleich wieder abtauchte. Auf Zehenspitzen liefen wir zum Klo. Das Hinterteil war noch zu sehen, der Schwanz wedelte weiter im Wasser. Jetzt sah Bruno die Ratte also auch. Er betätigte die Spülung, ich fing an zu weinen. Bruno streichelte mir den Arm, ich müsse doch jetzt nicht weinen. »Doch«, sagte ich. »Ich war noch nicht pullern.« Ich spülte noch mal, Bruno guckte, ob der Sohn noch schläft. Ich zog die Hose runter, konnte mich kaum beruhigen. Es dauerte lange, bis der Strahl endlich rauskam. Spülen und noch mal spülen, weinen und spülen. Bruno schaute mich mitleidig an, einer von uns beiden kriegte die Krise wegen der Ratte und einer nicht. »Wir haben keine Klos mehr!« Bruno stellte in der Küche den Wasserkocher an. »Soll ich jetzt Redakteurin sein oder nicht?«, rief ich vom Klo aus. »Vielleicht können wir uns dann endlich zusammen eine schöne Wohnung leisten. Maisonette, zwei Balkone, so verschnörkelte Geländer wie bei den Italienern, keine Ratten.« Bruno antwortete nicht.

*

Zwei Tage später bringe ich den Sohn ins Bett. Draußen regnet es, im Zimmer ist es kalt. Im Gegensatz zu dem Jungen, der immer warm ist, friere ich schnell. Ich stelle die Heizung hoch und lese noch ein Buch vor. Seinerzeit hatte ich Ewigkeiten damit verbracht, das Bett im Schlafzimmer an die richtige Stelle zu schieben. Das Schlafzimmer ist klein, nur ein Nachttisch, eine Kommode und ein Schrank haben darin Platz. Erst schob ich das Bett an die Wand mit der Tür zur linken Seite, sodass man von beiden Seiten ins Bett gelangte. Dann schob ich das Bett auf die gegenüberliegende Seite, direkt unters Fenster an der Heizung. Das Beistellbett sollte damals nicht so viel Platz in der Mitte des Raumes einnehmen, weshalb mir die zweite Ausrichtung sinnvoller erschien. Nachdem der Junge eingeschlafen ist, knipse ich die Lampe auf dem Nachttisch aus. Drüben gieße ich mir ein Glas Wein ein und drücke mir eine E-Zigarette an. »Puh«, stöhne ich, weil ich, wenn ich von der Einschlafbegleitung zurück ins Wohnzimmer komme, mich so heldinnenhaft fühle, »heute hat es ganz schön lange gedauert, aber es ist geschafft, er ist fein zufrieden eingeschlummert.«

Das Wohnzimmer hat kleine Leuchtinseln; in beinahe jeder Ecke steht eine Lampe, die macht, dass es gemütlich ist. Bruno steht am Fenster, dreht sich um und setzt sich neben mich auf die Couch.

»Judith?«

Ich sage: »Ja?« Irgendwas stimmt nicht. Nicht an dem Tag, nicht an Brunos Gesicht, nicht an seiner Stimme, mit der er meinen Namen ausspricht.

Er sagt: »Ich kann nicht mit dir in eine neue Wohnung ziehen.«

Sofort weiß ich, was er damit meint.

»Seit drei Jahren ist die Kammer dein Kleiderschrank. Wir haben keinen größeren Schrank gekauft. Wir haben einfach keinen Schrank für uns beide gekauft.«

Ob er sich diese Sätze vorher zurechtgelegt hat? So ein Beispiel kommt doch nicht nur so. Der fehlende Kleiderschrank steht für vieles. Alles, was wir nicht in der Wohnung verändert haben, weil irgendwann doch vielleicht ein Umzug käme oder die Trennung. Die Wohnung, in der Bruno schon gelebt hat, bevor er mich überhaupt kannte, die Wohnung, in die ich nur eingezogen bin. Das Gemecker über die Kammer mit meinen Klamotten auf diesem wackligen Regalgerüst als Ausdruck meiner Unzufriedenheit über dieses Etwas, das mir gefehlt hat, war seit meinem Einzug vor vier Jahren ein Dauerthema. Jetzt schaue ich nach unten. Ich kneife Bruno in den Oberschenkel – etwas Besseres fällt mir nicht ein.

»Was war das denn?«

Ich zucke mit den Schultern. Dass Bruno intensiv über mich nachgedacht hat, ist schon irgendwie eigenartig. Ständig denke ich über Bruno nach, aber die Vorstellung, dass Bruno mein Gesicht in seinem Kopf gesehen und Überlegungen dazu angestellt hat, ist absurd. Ich habe Bruno wie ein Profiler aus einer dieser amerikanischen Krimisendungen, die spätabends im Fernsehen laufen, studiert, deswegen bin ich in der Lage, in seinem Verhalten Muster zu erkennen. Die Vorzeichen waren da gewesen. Weniger Zeit, die wir zu zweit miteinander verbrachten, selbst dann nicht, wenn der Junge bei meiner Mutter schlief; flüchtige Küsse zur Verabschiedung; ein Schnurrbart, so ganz plötzlich über seiner Lippe. Ich habe es ignoriert. Seit Wochen schlief Bruno auf der Couch. Auch das habe ich ignoriert.

»Machst du gerade Schluss mit mir?«

Es ist eindeutig, aber ich muss es hören. Ich muss hören, wie er es sagt, damit ich begreife, dass wir niemals einen gemeinsamen Kleiderschrank haben werden. Stille.

»Wenn du das Angebot annimmst oder ablehnst, dann solltest du das allein für dich entscheiden. Es ist nicht fair, wenn ich es dir nicht jetzt sage, sondern weiter warte, bis ich den Mut dazu aufbringe.« Bruno sieht aus, als könnte er noch ewig so auf den Boden starren. »Judith, du hast einen gemeinsamen Kleiderschrank verdient.« Bruno atmet tief durch und sieht dabei entschlossen aus. »Du hast sogar mehr als einen gemeinsamen Kleiderschrank verdient. Viel mehr als das.«

Gerne würde ich jetzt schreien, bedauerlicherweise bin ich es aber nicht gewohnt zu schreien. Plötzlich aufstehen und meine Stimme durch das ganze Wohnzimmer jagen, bis raus auf die Straße, das wär's. Schreien, dass sich die Nachbarn wundern, was da los ist, mein Gesicht knallerot angelaufen, die Hände zu Fäusten geballt, es wäre ein Schrei mit dem ganzen Körper, der in die Geschichte des Schreis eingehen könnte.

Aber stattdessen nur Sitzen, Schweigen, nichts weiter.

Wir machen Schluss und können morgen nicht mehr zusammen irgendwohin fahren. Diese erste Erkenntnis, sie schmerzt.

Als ich später zum Jungen ins Bett steige, der ruhig atmet, die Decke halb über seinem Körper, eine Hand an seinem Kopf, kann ich keinen klaren Gedanken fassen. Schöne Wörter: Einfaltspinsel, Ratzefummel, Freudentaumel, Erbsenzähler.

Das war's. Das ist das Ende von uns dreien. Wenn ich morgen aufwache, ist die Zukunft eine andere. Noch mehr schöne Wörter: Kummerspeck, Tausendschön, Frauenzimmer, Kohldampf.

*

Mein Handy steht nicht mehr still. Es ist der nächste Morgen. Ich bekomme eine Mitteilung nach der anderen. Prinz Philip ist gestorben. Meine Freundin Linda schreibt mir und fragt, wie es mir gehe, jetzt, wo einer von meinen Lieblingen der britischen Königsfamilie das Zeitliche gesegnet habe. *Ich fühle mich schrecklich*, antworte ich, kratze dabei mit dem Fingernagel am Tisch rum und meine eigentlich etwas ganz anderes. Bruno hat gestern mit mir Schluss gemacht. Vorerst soll aber niemand davon wissen.

Nachts bin ich noch mal aufgestanden, habe an Bruno gerüttelt und gesagt, er dürfe noch nicht sofort ausziehen. Unausgesprochen war immer klar: Entweder wir ziehen gemeinsam aus oder nur ich. Deshalb fragte ich ihn, ob wir nicht erst mal für den Jungen zusammen wohnen bleiben könnten, bis ich was Neues gefunden hätte. Bruno, noch ganz benommen vom Schlaf, fand, es sei eine gute

Idee. Es ist nicht so, dass er einen Schlussmachplan gehabt hat. Zumindest glaube ich, die Ratten und das Jobangebot könnten ein Beschleuniger für das Unabwendbare gewesen sein.

Ich sitze am Esstisch und lese die Nachrichten über Prinz Philips Tod. Der Sohn schläft noch. Irgendwas in der Ecke raschelt. »Da raschelt doch was!«, sage ich zu Bruno, der nach vorne gebeugt an seinem Schreibtisch sitzt. Ich ziehe den Holzspielkasten unterm Fenster vor. Die Ratte ist draußen, ich bin mir ganz sicher, das ist die Ratte. Panik steigt in mir auf, Bruno steht vor mir und sagt, da ist bestimmt keine Ratte. Tränen brechen aus, ich schiebe alles im Wohnzimmer, was es zu schieben gibt.

»Judith, du zitterst ja!« Er legt seine Hände auf meine Schulter. Ich atme schnell.

»Die Ratten sind überall, sie sind ganz sicher draußen.«

»Atmen, ganz ruhig. Ich schaue auch mal.«

Jetzt geht Bruno auf die Knie, klopft mit der flachen Hand auf den Boden. Keine Ratte zeigt sich, die Ratte ist in meinem Kopf. Beruhigen kann ich mich nur schwer. Zurück am Laptop, schaue ich alle paar Sekunden hoch, weil ich meine, dass ich wieder was gehört habe. Bruno ruft noch mal den Hausmeister an. Ich höre, wie er »Dienstag« sagt. Dienstag kommt einer und baut Rattenklappen ein. Prinz Philip ist tot, dieser Tag, der erste Tag nach unserer Trennung, ist ein schrecklicher Tag.

An allen folgenden Tagen in dieser Woche bin ich gefasster. Bruno und ich reden normal, fast schon zu normal miteinander, solange der Junge um uns herumschwirrt. Sobald er in der Kita ist, vergräbt sich jeder hinter seinem Laptop. Abends essen, anschließend sagen wir Gute Nacht. Bruno schläft weiterhin auf der Couch, ich mit dem Jungen im Schlafzimmer.

Die Beerdigung von Prinz Philip läuft im Fernsehen. Dafür, dass April ist, ist es ein strahlender Sonnentag. Von einem Kommentator erfahre ich, dass der verstorbene Prinzgemahl sich eine schlichte Trauerfeier gewünscht hatte. Den vierköpfigen Chor in der St. George's Chapel hat er sich selbst ausgesucht. Am 9. Juli 1947 wurde die Verlobung von Queen Elizabeth II. und Prinz Philip bekannt gegeben. Eine Anekdote, die ich sehr rührend finde, ist die, dass Elizabeth ihren Verlobten bat, mit dem Rauchen noch vor der Ehe aufzuhören. Ihr Vater, König George VI., der ein starker Raucher war, litt schwer unter den Folgen, und so scheint die Bitte der damals jungen Prinzessin mehr als verständlich. Aus Liebe zu seiner zukünftigen Frau willigte Philip ein. Er verzichtete allerdings auf ein Entwöhnungsprogramm und verringerte nicht etwa seine Nikotin-Dosis, wie es viele entschlossene Raucher machen. Nein, er rauchte am Morgen seiner Hochzeit seine letzte Zigarette. Von einer Sekunde auf die nächste hörte er einfach auf. Ich glaube, das sagt einiges darüber aus, wie willensstark Prinz Philip in der Liebe zu seiner Frau war.

Die Queen und ich sind jetzt beide alleinstehend. Ich beobachte die Queen im Fernsehen, wie sie in einer leeren Sitzreihe nichts weiter macht, als geradeaus zu schauen. Sie sieht gefasst aus. Die Zeremonie neigt sich dem Ende zu. Ich denke darüber nach, ob ich vielleicht zurück nach Moabit ziehen sollte. Am Schluss sagt der Kommentator: »Er war mehr als 70 Jahre an ihrer Seite. Wir sehen gerade den schwierigsten Augenblick im Leben von Königin Elizabeth II.« Ich weine nicht. Ich habe einfach das Gefühl, dass die Queen dort für mich mit sitzt.

*

Als wir Anfang der 90er-Jahre nach Moabit zogen, gab es dort das Moabiter Gefängnis und Hertie. Moabit rühmte sich schon damals der kürzesten Allee Berlins. Die Thusnelda-Allee, mickrige 50 Meter lang. Da im Park nebendran mit Drogen gedealt wurde und er sogar extra einen Spritzenautomat bekam, damit wenigstens keine Infektionen die Runde machten, war das einer jener Orte, die wir Kinder nicht aufsuchen sollten. Die Tussi-Allee, wie sie von alteingesessenen Moabitern genannt wird, war aber eigentlich noch nicht mal die schlimmste Ecke. Die begann erst ab der Rostocker Straße. Wenn die Tussi-Allee schon verboten war, dann war alles rund um die Rostocker mehr als verboten. Absolutes Sperrgebiet für alle unter 1,50 Meter, außer man war 1,50 und wohnte dort, dann hatte man Pech. Dass Moabit mal ein hartes Pflaster war, ist für Zugezogene der letzten zehn Jahre kaum vorstellbar. Moabit hat heute ein Sushi-Restaurant, eine Buchhandlung und WGs.

Damals wohnten wir nur ein paar Minuten zu Fuß vom Gefängnis. Unsere Wohnung lag genau zwischen dem Moabiter Gefängnis und Schloss Bellevue. Die Spree verlief einmal direkt durch, es war bürgerlich und kriminell zugleich. Was genauso auf unser Haus in der Flemingstraße zutraf. Ein schöner Altbau, weiß gestrichen mit mediterranen Balkonen vorne dran. Wir wohnten in der dritten Etage. Darunter ein Puff. Täglich liefen Freier die Treppe hoch und wieder runter. Ich begegnete ihnen jeden Tag, grüßte Saskia, wenn sie die Wohnungstür öffnete, wie man seine Nachbarin eben im Hausflur grüßt. Morgens arbeitete Saskia und abends Magdalena. Es gab noch eine Dritte, aber die habe ich nie gesehen. Dass sie nur im BH und einem Slip vor mir in der Tür standen, bemerkte ich irgendwann gar nicht mehr. Die Freier, immer im Anzug, immer Kopf nach unten, immer schnell auf den Stufen, wurden ebenfalls zu einem ganz normalen Anblick in unserem Treppenhaus. Wahrscheinlich kamen sie direkt aus dem Regierungsviertel. Manche von ihnen morgens vor der Arbeit, viele zur Mittagspause oder zum Feierabend. Das Treppenhaus war jedenfalls ständig laut von den klackernden Absätzen ihrer Anzugsschuhe. Wenn Freunde aus der Schule mich besuchten und fragten, was das für eine Wohnung sei, in die die Krawattenträger gingen, faszinierte die Antwort sofort. »Das ist ’n Puff.« Es sprach sich schnell herum, dass ich über einem Puff lebte. Freunde brachten Freunde mit, um einmal kurz in die Tür reinzuschauen. Wir erlaubten uns den Spaß, uns unten auf die Treppe zu setzen und den puffenden Männern aufzulauern, nur um sie mit einem allzu freundlichen »Hallo, guten Tag!« zu begrüßen. Mit Mühe kamen sie an uns vorbei, mussten sich am Geländer festhalten und einen großen Schritt machen, ja fast schon über unsere Köpfe hüpfen, um nach oben zu gelangen, weil wir natürlich extra die ganze Stufe einnahmen und unsere Ellbogen gegen ihre Beine drückten, wo wir nur konnten. Ihre Scham war herrlich. Sobald wir die Begrüßung von Saskia oder Magdalena hörten und sie die Wohnungstür hinter sich schloss, lachten wir laut drauflos.

In dieser Zeit war ich das, was man von einer Jugendlichen erwarten konnte. Trockene Haut, fettige Haare, besessen von Leonardo DiCaprios müdem Blick und ohne meine beste Freundin kein ganzer Mensch. Letzteres wurde durch zwei Herzhälften, die wir als Anhänger um unsere Hälse trugen, symbolisch der Welt gezeigt. Ich war eine Sitzenbleiberin, hühnerbrüstig, vorlaut und gleichzeitig still; mit fünfzehn hatte ich heimlich mit dem Rauchen angefangen und ging jeden Dienstag am Nachmittag in die Basketball-AG meiner Schule.

Meine E-Mail-Adresse lautete: *crazynoodle@gmx.de*. Ich schrieb fünf Meter lange Mails an meine beste Freundin, die mit »Mann, meine Süße« anfingen und mit »1000 Bussis« endeten. Wie sich ein Zungenkuss anfühlen könnte, war die alles beherrschende Frage. Wenn ich aus der

Schule kam, aß ich entweder Toast mit Ketchup oder brühte mir eine von diesen Yum-Yum-Tüten auf, die ich eine halbe Stunde lang quellen ließ, um die dick gewordenen Nudeln in lauwarmer Brühe vor dem Fernseher bei Barbara Salesch wegzuschlürfen.

Zwei Jahre zuvor hatte ich ein Tagebuch angefangen, nachdem ich das Tagebuch der Anne Frank gelesen hatte. Mich beeindruckten ihre reifen Gedanken, der Kampf des ersten Verliebtseins, den sie führte, und die Probleme, die sie mit ihrer Mutter hatte, die den Problemen mit meiner eigenen Mutter nicht unähnlich waren. Die Tatsache, dass sie mit ihrer Familie vor den Nazis geflüchtet und deswegen in einem Haus versteckt war, nahm ich als reine Information wahr. Etwas an ihrer Erzählweise ergriff mich, die Art, wie genau sie ihr Umfeld beschrieb. Es gab eine Liste, die sie über ihre Klassenkameraden geführt hatte, Lästereien, muss man sagen, die mir ausgesprochen gut gefielen. Ich ging ebenfalls alle Namen in meiner Klasse durch, hatte ebenso wenig Hemmungen, und vielleicht war es das erste Mal, dass ich von mir weg auf andere schaute.

Zwar war ich als Jugendliche länger im Westen der Stadt, als ich jemals dem Osten zugehörig gewesen war, trotzdem gründete mein gesamtes Verständnis von kulturellen Unterschieden darauf, dass meine FKK-geprägten Eltern, anders als andere Eltern, zu Hause nur in Unterwäsche rumliefen und sich rein gar nichts aus dem Besuch meiner Freunde machten. Ein »Icke«, ein »Jetzte«, ein »Wa« klingen für mich nach zu Hause. Einmal übernachtete eine Freundin bei mir, wir schliefen aus und wurden vom Kochgeruch aus der Küche geweckt. Die berühmte Hühnerherzensuppe meiner Mutter, die schon Oma Karin für uns gekocht hatte. Zutaten: Gemüsebrühe, Muschelnudeln, Möhren, Hühnerherzen und Hühnermagen. Ich weiß noch, wie sich meine Freundin die Hühnerinnereien runterquälte und später sagte, sie könne nicht glauben, was es gerade zum Mittag, für uns zum Frühstück, gegeben hatte. Meine beste Freundin Stella hatte schon Sex gehabt. Mit zwei Jungs, im Abstand von nur ein paar Wochen. Ich wurde schon nervös, wenn ich nur daran dachte, mich vor einem Jungen auszuziehen. Meine Jugend war unbeschwert. Aber sie war geprägt von der Arbeitslosigkeit meines Vaters Anfang der Nullerjahre und der damit einhergehenden finanziellen Not meiner Eltern. Geprägt von den Fünfen, die ich nach Hause brachte. Geprägt davon, dass niemand in mich verliebt war. Mein Tagebuch wurde zu einem therapeutischen Werkzeug, irgendwie intuitiv zu einem Schiff, das in einem großen Meer des Erwachsenwerdens trieb, in dem ich nicht verloren gehen wollte. Ich glaube sogar, es machte mich widerstandsfähiger. Das Durcheinander in meinem Kopf ließ sich zähmen. Nach jeder geschriebenen Seite konnte ich beruhigt mein Zimmer verlassen, die Paulstraße runterlaufen und rausfinden, wer ich sein konnte.

*

Mein Zahnarzt ist immer noch in Moabit. Von dem komme ich gerade. Ich fahre mit dem Auto und stehe nach dem Tiergartentunnel wegen einer Baustelle im Stau. Das Radio spuckt Eminems 8-Miles-Lied aus. Ich wippe. *Look if you had one shot, or one opportunity.* Der vor mir hat sich nicht richtig eingeordnet, ich stehe nun ungünstig, blockiere aber zum Glück niemanden. Das findet der Typ hinter mir in seinem schwarzen Mercedes nicht, sucht sich entschlossen eine Lücke und rammt dabei mein Auto. Er kann es nicht ahnen. Ich wurde gerade verlassen und bin bereit für Ärger. Wir schauen uns durch die Scheiben an. Ich fuchtele mit den Armen, er zuckt mit den Schultern. Schnell greife ich nach meinem Handy und fotografiere sein Nummernschild. Ich hupe wie bescheuert, der Stau löst sich langsam. Der schwarze Mercedes fährt vor mich. Ich hupe weiter, mache das hintere Fenster auf, weil ich die Knöpfe an meinem Auto immer noch nicht kapiere. Als Nächstes geht das Beifahrerfenster auf. Welcher gottverdammte Knopf ist es?! Wir stehen wieder. Und dieses Mal treffe ich den richtigen Knopf. Ich winke mit dem Arm, halte meinen Kopf aus dem Fenster und schreie: »Ey, du hast mich getroffen!« Eminem: *You better.*

Er: nichts. Er ignoriert mich einfach. Aber ich weiß, dass er weiß, dass er mich getroffen hat. Was für ein Arschloch. Ich hupe und hupe, schreie schließlich: »Blöde Sau!« Es interessiert ihn nicht die Bohne. Ich verhandle mit mir, ob ich es schaffe, schnell auszusteigen und ihn zu konfrontieren. Drei Sekunden – jetzt! Ich schnalle mich ab, ziehe den Schlüssel, steige aus dem Auto mit dem Mut einer Löwin. In dem Moment wird die Ampel grün, der Typ fährt weiter, und ich stehe dumm neben meinem Auto. Jetzt hupt der hinter mir. Ich steige wieder ein und schreie. Haue aufs Lenkrad, haue noch mal drauf, so dolle, ich habe die Sorge, der Airbag könnte sich lösen. Kann sich ein Airbag überhaupt von ein paar Schlägen lösen? Ich will das Auto anzünden. Noch ist die Ampel grün. Die nächste Idee, die ich habe: Verfolgung! Diese Dreistigkeit kann ich einfach nicht auf mir sitzen lassen. Dabei werde ich richtig nervös. Schließlich ist es meine erste Verfolgungsjagd. Als hätte eine dunkle Macht Besitz von mir ergriffen, hänge ich mich an den schwarzen Mercedes. Zwei Minuten lang klappt es, im Kopf gehe ich die Sätze durch, die ich dem Trottel sage, wenn ich seine Fahrertür aufreiße. Dann wird die Ampel vor mir rot. Der schwarze Mercedes biegt ab. Ich drehe gleich durch.

Wenigstens habe ich das Nummernschild fotografiert, denke ich. Den verklage ich. Passt mir gut, weil ich richtig Lust habe, jemanden zu verklagen. Fahrerflucht, du Trottel!

20 Minuten fahre ich wütend in Richtung Kita. Geschlagene 20 Minuten brauche ich, um einen Parkplatz zu finden. Dann endlich kann ich mir den Schaden anschauen. Ich suche das Auto ab. Das kann nicht sein. Aber doch, es kann. Da ist kein Schaden. Der Typ hat mich überhaupt nicht getroffen.

Als sich die Tür zur Kita durch den Summer öffnet, atme ich noch einmal tief durch. Wie immer begrüße ich den Jungen und die umstehenden Erzieherinnen, frage den Jungen, was es zum Mittagessen gab, bin mütterlich erstaunt, wie es denn schon wieder Nichts sein konnte, es gab doch schließlich gestern schon Nichts und letzte Woche auch Nichts, das Nichts ist das Lieblingskitagericht meines Kindes, wir lachen und holen seinen Rucksack und seine Jacke.

Draußen ist es kalt, auf den Spielplatz könnten wir trotzdem gehen, aber ich will lieber wieder schnell nach Hause. Die Straße zu unserer Wohnung ist leer. Der kalte Wind bläst mir ins Gesicht. Herr Döring, unser Nachbar von gegenüber, biegt auf unseren Weg ein, neben ihm der zottlige Hund, wir begrüßen uns nicht.

Bruno wird nicht vor 19 Uhr zu Hause ankommen, und vielleicht kann ich es schaffen, so normal wie möglich in dieser unnormalen Situation zu sein. Das Kind wird ein Trennungskind, es weiß noch nicht, was wir mit ihm vorhaben, mein Bauch ist mit Steinen gefüllt. »Du bekommst ihn nicht zur Hälfte.« Der Satz, den ich nach einer Woche zu Bruno auf der Couch sagte, leise, aber bestimmt. Das Angebot für die Zeitung hatte ich abgesagt. Ich machte jetzt Nägel mit Köpfen.

Der Junge möchte fernsehen, also schalte ich ihm was mit Dinosauriern an. Ständig blicke ich auf die Uhr; Bruno schreibt, er sei in einer Stunde zu Hause. Wie soll ich ihn jetzt begrüßen? Was soll ich zu ihm sagen? Umarmt man sich? Soll ich winken? So schnell wird man sich fremd.

So schnell schwindet die Vertrautheit. Das Bündel der Erlebnisse fällt in ein tiefes Loch. All die Sachlichkeiten zwischen uns, die ich so grässlich finde. Ich starre rüber zum Fondue-Set unter der Kommode, das wir nur einmal benutzt haben.

Dann gehe ich ins Schlafzimmer, schließe die Tür behutsam, setze mich vor den Spiegel. Ab und zu schließe ich meine Augen und versuche, zu dem hinüberzukommen, was vielleicht in einem Jahr sein könnte. Meine Haut ist blass, auf meinem Kopf schimmern einzelne graue Haare im Licht. Im Schneidersitz binde ich meine Haare zu einem Knäuel, um mein müdes Gesicht zu retten. Ich trage Concealer auf, ziehe die Augenbrauen nach, nur etwas Mascara, bloß nicht zu viel Mascara. Ich möchte etwas aus mir machen, irgendwie hübsch sein, nur vorgetäuscht für den Mann, den ich gar nicht zurückerobern will, der jedoch nicht in ein Gesicht blicken soll, das von der Enttäuschung des Verlassenwerdens gezeichnet ist.

Im ersten Jahr mit Bruno habe ich ständig was mit meinem Gesicht gemacht. Bevor wir ins Bett gingen, um miteinander zu schlafen, und morgens bin ich als Erstes ins Bad, noch bevor Bruno erwachte, um nachzuschminken, was die Liebesnacht durcheinandergebracht hatte. Morgens im Bad eines Mannes schminken kommt einer Lüge gleich. Das hatte meine Mutter einmal gesagt, aber die war mit Ende 20 verheiratet mit zwei Kindern. Und außer ein bisschen Mascara hat sich meine Mutter sowieso nie etwas aus Make-up gemacht. Meine schöne Mutter mit der glattesten und weichsten Haut, die zu jeder Tageszeit frisch im Gesicht aussieht. Als ich mit 14 endlich die Erlaubnis von ihr bekam, mich zu schminken, ging sie mit mir zu Hertie, wo ich mir eine kleine Grundausstattung zusammensuchen durfte. Ich wählte schwarzen Mascara, nach Kirsche schmeckenden Lipgloss und blauen Lidschatten. Ausgerechnet jetzt muss ich an meinen ersten Lidschatten zurückdenken, den ich großzügig bis unter die Augenbrauen verteilt hatte. Ich möchte, wenn Bruno kommt, anders aussehen als gestern.

Laut Wikipedia bin ich mit meinen 35 nun bereits im mittleren Alter angekommen. Schon jetzt produziert der weibliche Körper weniger Sexualhormone. Haare, Haut, Augen, denke ich, das alles wird nun grau und schal, erschöpft und verbraucht, ehe es richtig zu leuchten angefangen hat.

Ich gehe in die Küche und spüle ein paar Gläser ab. Der Junge beschwert sich über den klirrenden Krach. Irgendwann spielen wir auf dem Boden, bauen Klötze, da höre ich den Schlüssel in der Tür. Der Junge rennt sofort zu Bruno, der ihn hochhebt und mit ihm schmust. Dieses Bild kenne ich genau. Bruno schmiegt sein Gesicht dicht an das Gesicht des Jungen. Dann lässt er ihn durch die Luft kreisen, der Junge lacht aus vollem Halse. Bruno wird nie müde, den Jungen durch die Gegend fliegen zu lassen. Bruno ist ein super Vater. Ich höre: »Nichts gab es in der Kita. Schon wieder nicht?«

Bruno steht im Wohnzimmer, wir begrüßen uns höflich, aber schauen uns dabei nicht an. Normalerweise würde ich ihm jetzt von der idiotischen Verfolgungsjagd nach dem schwarzen Mercedes erzählen, aber ich glaube nicht, dass wir jetzt noch solche Dinge miteinander teilen können.

»Das Manuskript ist fast druckfertig.«

»Das freut mich für dich.«

Wir sind jetzt bis zur Grässlichkeit höflich und sachlich miteinander, mein Hals ist zugedreht wie ein Glas saurer Gurken.

Wie konnte ich das alles nicht kommen sehen? Als hätte die Wohnung gebrannt und ich seelenruhig währenddessen den Tisch gedeckt. Vor zwei Wochen sind der Junge und ich für einen Kurztrip nach Meck-Pomm gefahren. Als Ausgleich für die Tage, die mir mit ihm fehlten, als er mit Bruno seine Mutter besucht hatte, was mir im Nachhinein wie eine Trockenübung vorkommt. Zwei Wochen, die sich wie zwei Jahre weit weg anfühlen.

Solange der Junge bei uns ist, ist die restliche Zeit vor dem Einschlafen weiterhin erträglich. Es wird gegessen, normal am Tisch gesessen, wir haben Burger und Pommes bestellt. Bruno bringt den Jungen ins Bett, ich putze ihm vorher die Zähne, ziehe ihm die Schlafsachen an. Auf der Couch lese ich Katja Oskamp, versuche, mich zu konzentrieren, denke an mein Buch und daran, wie ich bald allen sagen werde, dass Bruno und ich nicht mehr zusammen sind. Bruno kommt aus dem Schlafzimmer. Er schnappt sich etwas vom Schreibtisch und sagt, er gehe ins Kinderzimmer. Ich öffne eine Weinflasche. Bruno ist im Kinderzimmer beschäftigt. Er telefoniert mit seinem Bruder, das kann ich am Thema erkennen, jedenfalls wird ab und zu gelacht, und das Wort »Trennung« taucht nicht auf. Kratzgeräusche in der Wand werden laut. Es macht mich alles wahnsinnig. Dann stapfe ich den Flur entlang, rein ins Kinderzimmer. Auftritt bekloppte Ex-Freundin, erste Szene:

Judith betritt die Bühne. Sie trägt ein Nachthemd. In der Hand hält sie ein Glas Wein. Bruno liegt auf dem Boden und schaut erschrocken zu Judith hoch. Scheinwerferlicht fällt auf die beiden.

»Wie kannst du da jetzt liegen?«

Bruno schaut mich verblüfft an. »Was meinst du?«

»Na, auf dem Boden liegen und nicht durchdrehen!«

»Nicht so laut, der Junge schläft«, zischt Bruno.

»Hast recht.« Ich trinke einen Schluck Wein.

»Kann ich dich später zurückrufen?« Bruno legt auf. »Ich lenke mich ab, nichts weiter«, sagt er.

Ich senke den Kopf und lasse die Tränen laufen, die schon beim Betreten des Zimmers auf ihren Plätzen waren.

»Ich gehe anders damit um als du.«

Das tut Bruno. Das tut er immer bei allem. Ich schließe die Tür. Knallen kann ich sie nicht, aber ich schwinge sie zumindest so, als würde ich sie knallen können.

Bruno läuft mir nach. »Jetzt warte doch mal!«

»Nicht so laut. Der Junge!«, brülle ich.

Im Wohnzimmer setze ich mich vor das Bücherregal.

»Wie sollen wir das nur durchstehen, bis ich eine Wohnung gefunden habe?«, brülle ich.

»Kannst du mal aufhören zu brüllen«, brüllt Bruno.

»Hör du doch auf zu brüllen«, brülle ich.

»Ich will gar nicht brüllen!«, brüllt Bruno.

»Ich habe mich die allermeiste Zeit um das Kind gekümmert. Ich habe ihn gestillt, gepflegt und jeden Abend ins Bett gebracht«, sage ich, in Anbetracht des Umstands eines Streits, relativ ruhig.

»Und ich habe nichts gemacht? Judith, ich habe so viel gearbeitet! Du hattest keinen Job«, sagt Bruno.

Noch mehr Tränen laufen mir übers Gesicht.

»Du nimmst mir meinen Sohn weg!«

»Das ist auch mein Sohn!«

Bruno schlägt mit flachen Händen auf den Tisch. Er schaut an die Decke. Er sieht eigentlich wie immer aus, die Brille, die Uhr, das Hemd. Er ist mein Bruno, nur viel, viel erschöpfter. Bruno kann nicht mehr. Das sehe ich im Schein der Tischlampe zum ersten Mal. Mein Bruno schwindet, es ist nur noch ein kleines bisschen von dem da, was zu mir gehört.

»Bitte nimm zur Kenntnis, dass gerade eine Verrückte vor dir steht, die verlassen wurde«, sage ich. Der Sohn wird wach. Ich gehe ins Schlafzimmer und lege mich für ein paar Minuten dazu. Ich flüstere, es sei nichts. Der Junge schließt die Augen, und ich bin froh um die kleine Auszeit. Fast traue ich mich nicht mehr nach draußen, aber was wir jetzt nicht sagen, bleibt ungesagt, und Ungesagtes darf es zwischen mir und Bruno nicht geben.

»Wir machen einfach weiter, so wie jetzt. Ohne Gebrülle«, sagt Bruno, während ich mich auf die Couch setze.

»Ich kann das nicht.«

Bruno schweigt. »Dann brüll halt.«

»Nein, ich meine. Das hier. Wir in dieser Wohnung als getrenntes Paar. Du musst ausziehen.«

»Vielleicht besser so.«

»Ich habe dich so sehr geliebt.«

»Ich weiß.«

»Ich wollte einen Schrank mit dir haben.«

»Ich weiß.«

*

Bruno hat sich ganz in der Nähe ein kleines Zimmer gemietet. Anders als sein Wegwollen kann ich sein Wegsein noch gar nicht empfinden. Der Sohn ist in der Kita, als ich wieder auf der Couch in diesem armseligen Dämmerzustand sitze und Bruno mit einem Koffer in der Tür zum Flur steht. Mir fällt nichts Bedeutungsvolles ein, was ich ihm sagen könnte. Bruno fällt ebenfalls nichts ein, deshalb dreht er sich vorsichtig um. Leise läuft er den Flur entlang, leise drückt er die Türklinke hinunter, leise schließt sich die Tür, was für einen Menschen, der ständig stolpert und Dinge umwirft, wirklich eine bemerkenswerte Leistung ist. Alles ist ganz, ganz leise und ganz, ganz sachte, aber gleichzeitig unbeschreiblich laut. Ein Dröhnen in meinen Ohren, von dem ich ahne, dass es nicht so leicht wieder weggehen wird. Nach ein paar Sekunden stehe ich von der Couch auf, gehe zum Flur und laufe ihn ab. Es sind neun Schritte bis zur Wohnungstür. Ein schönes Wort: papperlapapp.

Der Hausmeister hat den Termin nicht bestätigt, es gibt einen Lieferengpass bei den Rattenklappen. Wann sind die denn wieder lieferbar?, wollte ich am Telefon wissen, aber er sagte, er sei kein Hellseher. Abends Kratzen, morgens Gefiepe aus der Wand. Die Ratten kommen vor allem dann durchs Klo hoch, wenn die Spülung länger nicht mehr betätigt wurde, was mich morgens dazu übergehen lässt, in das Töpfchen des Sohnes zu pullern. Abends mache ich das dann ebenfalls, obwohl ich eigentlich gar nicht müsste, weil die Ratten eben nur morgens kommen, aber abends wird es kopfmäßig ganz allgemein für mich schwieriger, meine Ängste größer, deswegen pullere ich dann auch ins Töpfchen. Was für ein armseliges Bild ich bei meinem paranoiden Pullern abgeben muss.

Nachdem ich den Sohn morgens in die Kita gebracht habe, fällt es mir schwer, etwas mit mir anzufangen. Ich gehe ins Bad und stelle mich unter die Dusche, Taylor Swift läuft. *»I knew you were trouble, when you walked in …«* Ich seife mich ein, lasse das heiße Wasser über meinen Kopf laufen. Vor dem Spiegel bürste ich die letzten Knoten aus meinem Haar, wippe zur Musik, als sei alles schwierig in meinem Leben, aber nichts davon kümmere mich. Ein Kratzen wird lauter. Ich ignoriere es. Zum Kratzen kommt ein anderes Geräusch dazu. Ich schaue mich im Bad um. Ich schaue unter das Waschbecken und direkt in das Gesicht einer Ratte. Als wäre mein Körper eine Autobahn, fährt der Schock sechsspurig durch mich hindurch. Da ist ein Loch unter dem Waschbecken. Mit der Bürste schlage ich auf das Porzellan. Nein! Ratte, weg, weg, weg. Ich werfe die Bürste, es schüttelt mich. Die Ratte verschwindet durch das Loch der drei Zentimeter dicken Betonwand.

Für eine gewisse Zeit hat mein Vater für eine Asbestfirma gearbeitet. Der Weg von Moabit zu Unter den Linden war nah. Vier Wochen Vollschutz, Atemmaske, unter den Anzügen nichts als der nackte Körper. Bei dem Gebäude, das von Asbest befreit werden sollte, handelte es sich um das letzte Erbe der DDR: der Palast der Republik. Zwölf Stunden lang, fünf Tage die Woche kratzte mein Vater den Asbest von Wänden. Als Gysi noch im Fernsehen um den Erhalt des Gebäudes bettelte, erzählte mein Vater, war drinnen schon fast alles kaputt gehauen. Riesige Löcher, die geschlagen wurden, und ehemalige SED-Mitglieder, die sich sauber gespritztes Marmor mit nach Hause nahmen. Wie gelähmt knie ich auf dem Badezimmerboden vor dem Loch. Gaffa. Ich brauche Gaffa. Die Rolle liegt immer noch auf der Waschmaschine. Nur mein Arm bewegt sich hoch zur Ablagefläche. Ich stopfe einen Schwamm in das Loch, klebe die halbe Rolle drauf. Beruhigen, beruhigen. Bruno anrufen.

»Loch. Da ist ein Loch. Da war gerade eine Ratte«, schreie ich ins Telefon.

»Was?«

»Da ist ein scheiß Loch in der Wand!«

»Ich komme sofort.«

Bruno eilt also zur Hilfe. Seit seinem Auszug sprechen wir nur das Nötigste. Und wenn er da ist, dann ist er nur mit dem Jungen beschäftigt. Verabschiedet wird sich am Fenster. Der Junge schiebt seinen Hocker an die Heizung.

»Tschüss, Papa«, sagt er dann und winkt. Die ersten Male am Fenster waren schwierig. Bruno hatte zunächst den Vorschlag gemacht, den Jungen einfach vor den Fernseher zu setzen, wenn er die Wohnung verlässt. Ich fand, wir dürften von diesem Abschiedsritual am Fenster nicht abweichen. Er hatte Bruno natürlich schon Hunderte Male verabschiedet, wenn sein Papa zu Terminen musste, zu seinem Therapeuten oder weiß der Kuckuck was, aber ein Vater, der geht, weil er nicht mehr zu Hause schläft, ist in seiner Bedeutung etwas ganz anderes. »Nicht gehen«, sagte der Junge noch am Anfang. Und Bruno machte sich vor dem Fenster zum kompletten Deppen. Er scherzte, er tanzte, er lief eine bescheuerte imaginäre Treppe runter wie in einem Stummfilm. Meine Tränen waren nur so lange erlaubt, bis Bruno zum Hinterhof raus aus dem Tor verschwand und der Junge sich schließlich zu mir umdrehte. Jetzt musste ich mich zur Deppin machen. Schön lächeln, vor dem Jungen beteuern, wie toll es sei, wenn der Papa Quatsch vorm Fenster machte. Jetzt nehme ich den Jungen hoch zum Fliegen. Was eigentlich nicht mein Ding mit dem Jungen ist, sondern Brunos, aber Bruno ist jetzt nicht da.

Es gibt diese eine Szene in *Tatsächlich Liebe*. Ein Film, den ich sehr mag. Emma Thompson bekommt von Alan Rickman ein Album von Joni Mitchell geschenkt, nicht aber die Halskette, die sie bereits vor Wochen in seiner Jackentasche entdeckt hat. In dem Moment wird ihr klar, die Kette ist für eine andere Frau. Sie verschwindet ins Schlafzimmer, heult bitterlich, aber bemüht sich für ihre

Kinder, die unten auf sie warten, nicht völlig auseinanderzufallen. *Both Sides Now* wird gespielt. Ich denke an diese Szene, an dieses Lied.

Der Flieger geht hoch und wieder runter. Vielleicht hätten wir den Jungen doch vor dem Fernseher parken und einfach keine große Sache draus machen sollen. Ich bestelle einen Schleich-15023-Ankylosaurus im Internet. *Und war noch alles okay?*, schreibt Bruno ein paar Minuten später. Was es für ihn bedeutete, sich umzudrehen und zu gehen, wusste ich nicht. Wenn es ihm schwerfiel, konnte er es gut verstecken.

Ratten. Es ist das erste Mal, dass Bruno und ich etwas miteinander zu tun haben, was nicht die Trennung betrifft. Von unterwegs ruft Bruno noch einmal an und sagt, er sei gleich da. Der Hausmeister würde auch vorbeikommen. Zehn Minuten später stehen beide im Bad und schauen auf das zugegafferte Loch.

»Das muss richtig zu«, sagt der Hausmeister.

Ich beherrsche mich. Dann heule ich los. Der Hausmeister schaut mitleidig zu mir rüber. Die Ratten übernehmen die Wohnung. Er werde sofort jemanden beauftragen, das Loch zu versiegeln, versichert er mir. Wird das halten? Bestimmt. »Die Ratten sind wirklich eine sehr schlimme Sache«, lässt mir der Hausmeister von seiner Frau ausrichten. Der Hausmeister geht, Bruno bleibt. Bruno entschuldigt sich dafür, dass ich allein mit den Ratten kämpfen muss.

»Hast mit der Bürste geworfen, ja?«
»Hab ich.«
Bruno nimmt mich in den Arm.

*

Der Junge und ich waren in einem kleinen Ort inmitten der Sternberger Seelandschaft in Mecklenburg, der direkt an einem See liegt. Dort steht ein altes Pfarrhaus, das von einem ostdeutschen Schriftstellerpaar früher als Feriendomizil genutzt wurde und in das mich Freunde eingeladen hatten.

Als ich mit dem Jungen in den letzten Märztagen ankam, war das Wetter ruhelos. Es war mein letztes Wochenende vor der Abgabe meines ersten Buches. Ich versprach mir Wunder von diesem Kurztrip. Dass mir noch letzte gute Sachen einfallen würden, so wie sie einem eben erst auf den letzten Drücker einfallen können. Bruno wollte lieber ein Wochenende für sich, was ich zähneknirschend hinnahm. Jeder Versuch, ihn zu überreden, ihm Mecklenburg-Vorpommern schmackhaft zu machen, scheiterte kläglich. Das alte Pfarrhaus war recht imposant, nebendran befand sich eine Feuerstelle. Dahinter ein riesiger Acker. Jetzt hatte ein altes Pfarrhaus nicht viel von einem Hotel. Dass es alt war, merkte man dem Haus schon im Eingangsbereich an. Ein paar Bodenkacheln waren gesprungen, die Fenster sahen verzogen aus. Und kalt war es. Wirklich bitterkalt. Ich schickte Bruno gleich bei meiner Ankunft Fotos von dem Jungen mit idyllischem Hintergrund. Es waren keine Du-verpasst-hier-was-Fotos, und doch hoffte ich, er würde sich nach mir und dem Jungen sehnen.

Der Junge und ich bekamen eine kleine Tour durchs Haus. Wir schliefen oben unter dem Dach, die steile Treppe dorthin ist mir sofort nicht geheuer.

»Mausi, nicht alleine da hoch«, sagte ich an diesem Wochenende bestimmt fünfundzwanzigmal.

»Stirbt man dann?«, wollte der Junge wissen.

»Hm.«

Im unteren Bereich waren die Räume groß. Es gab viele Türen, was bei mir immer für Verwirrung darüber sorgt, wo jetzt noch mal die Küche und wo das Klo ist. Nicht mal in einer kleinen Wohnung, die ich zum ersten Mal betrete, kann ich mir merken, welche Tür nun die richtige ist, wenn ich irgendwann aufs Klo möchte. Das Pfarrhaus war also ein riesengroßes Labyrinth für mich. Schnell fand ich jedoch einen Lieblingsraum: das Gesellschaftszimmer. Der Platz, wo man schon ganz früher zusammensaß und vermutlich Gäste hin einlud. In der Mitte ein großer Tisch, an dessen Kopfende ein imposanter Holzstuhl mit weißem Samtbezug stand. Original aus der Gründerzeit und voll mit Hand gearbeitet. Ein Thron, könnte man sagen. Der Nebenraum führte zu einem alten Arbeitszimmer. Ich war ganz beseelt von dem knarrenden Boden und meinem Jungen, der sich in einem so berühmten Haus wohlzufühlen schien.

Wir verbrachten den Tag draußen, mussten aber immer wieder ins Haus ausweichen, weil der Regen kam und wieder ging wie eine Laune. In einem Moment, als sich alle ausruhten, war ich mit dem Jungen allein im Gesellschaftszimmer. Ich setzte ihn auf den weißen Thron. Stift und Papier lagen bereits vor ihm auf dem Tisch verteilt. Der Junge hatte die Idee, er sei Maler, und tobte sich aus. Ich tat, was ich tun musste. Ich wollte mir den hinteren Teil vom Haus anschauen. Ich wollte das Arbeitszimmer sehen. Und so verließ ich also den Raum. Schaute mir die beeindruckende Bücherwand an, schaute die Decke hoch, blickte, wie schon einige Menschen vor mir vielleicht, durchs Fenster auf den Acker.

Für Bruno machte ich ein Foto von den Büchern und schrieb ihm, wie schön es sei, so einen Ort für die Familie zu haben. Er antwortete mit einem Daumen nach oben. Das Bücherregal war ein selbst gebautes Bücherregal, vermutete ich. Bruno wusste, dass es mein sehnlichster Wunsch war, einmal ein selbst gebautes Bücherregal zu besitzen. Zusammen gespart hatten wir nie für etwas. Und wir hatten uns auch nie zusammen etwas vorgestellt. Vor dem selbst gebauten Bücherregal fragte ich mich zum ersten Mal, ob mit Bruno etwas nicht stimmte, was mit mir zu tun haben könnte. Unweigerlich stellte ich mir vor, wie es wäre, wenn ich immer mit dem Jungen allein verreisen müsste.

Nach ein paar Minuten kehrte ich zum Jungen zurück. Und mich traf der Schlag. Mein Sohn malte nicht mehr auf den Blättern, sondern auf dem Stuhl. Der Thron war eine Leinwand voller lila Buntstiftkreise. Oh Gott, oh Gott, oh Gott! Das Haus war zwar kalt, aber mir stieg die Hitze hoch. Ich schwitzte bei 30 Grad in einem Raum, der ein Museum sein könnte. »Oh Gott, Mausi, oh Gott, oh Gott.« Ich hob den Jungen vom Stuhl, blaue Buntstiftlinien kamen zum Vorschein, das Leben zog an mir vorüber. Denken, denken, handeln, oh Gott, oh Gott, oh Gott. Erst mal den Jungen entwaffnen. Gut. Zweimal auf und ab laufen. Gut. Noch mal zum Thron, gucken, wie schlimm es ist. Schlimm. Nicht gut.

»Mausi! Das dürfen wir jetzt keinem sagen.« Der Junge nickte.

Ich tat es. Ich spuckte in meine Hand und rieb über den weißen Stoff. Der Junge sagte »hui!« und kaute auf einem Buntstift herum. Ich holte mein Handy aus der Hosentasche, um nachzusehen, ob Bruno mir geantwortet hatte. Ich schnaufte.

Beide standen wir vor dem Stuhl und begutachteten den Stoff. Er wies tatsächlich keinerlei Farbe mehr auf.

*

Die Reise ist jetzt Wochen her. Ich könnte eine Wohnung auf der anderen Kanalseite bekommen. Eine Bekannte von Bruno zieht mit ihrem Kind aus und bietet sie mir als Untermieterin an. Wir vereinbaren einen Termin, damit ich mir die Wohnung, die nur zehn Minuten von Brunos Wohnung entfernt liegt, anschauen kann. Anderthalb Zimmer. Die Wohnung ist gemütlich. Als Erstes fällt mir die prächtige Linde vor dem Balkon auf. Ich kann die Linde sehen, und ich kann sie riechen. Schön.

Das Bad ist klein, der Toilettendeckel ist oben, und ich glaube, ich habe jetzt ein gestörtes Verhältnis zu Toilettendeckeln, die oben sind.

»Die Wohnung gefällt mir«, sage ich.

»Ihr könnt hier einziehen«, sagt meine Bekannte.

Aufregung kitzelt mich. Zum ersten Mal ein gutes Gefühl.

Ich fahre anschließend zu meiner Mutter. Im Kopf male ich mir aus, wie sie wohl reagieren wird, wenn ich den Kracher bringe, nun alleinstehend zu sein. *Bruno ist ausgezogen, aber nur, bis ich in eine neue Wohnung ziehe. Ich habe schon eine gefunden. Ansonsten ist alles schick.* So stelle ich es mir vor. So in der Art sage ich es ihr dann tatsächlich. Und ihre Reaktion entspricht meiner Vorstellung: Entsetzen.

»Wie, ihr habt euch jetrennt?«

»Na, wie ich es sage. Wir haben uns getrennt.«

»So richtig?«

»Ja.«

Früher hätte meine Mutter gesagt, es würde sich einrenken. Beziehungen gingen nun mal durch Krisen, das mache sie am Ende stärker. Beziehung, mein Kind, bedeutet Arbeit. Und der Junge sei ja noch klein, da gerate die Paarebene schon mal in eine Schieflage.

Aber meine Mutter sagt so etwas nicht. Meine Mutter wurde vor drei Jahren verlassen. Von meinem Vater. Sie schaut mich ganz lange schweigend an. »Dit is ja 'n Ding.« Allerdings. Ich sage, ich hätte es nicht kommen sehen und doch irgendwie geahnt. Plötzlich meint meine

Mutter zu wissen, sie hätte schon beim Reinkommen etwas in meinem Gesicht gesehen. »Ist da ne andere?«, fragt sie. Nein. Es ist einfach zu Ende. Burghard kommt ins Wohnzimmer.

Meine Mutter sagt: »Burki, es is aus.«

Burghard versteht null Komma nix.

»Sie meint die Beziehung von Bruno und mir«, füge ich hinzu.

»Wat?«, fragt Burghard.

Und ich erzähle weiter. Beide schauen abwechselnd zu mir und dann wieder einander an. Ich sehe Stirnfalten, betroffene Augen. Wir essen jede Woche zusammen, erkläre ich, bestellen Nudeln oder Burger, stochern in Teig und Soßen rum, manche nennen es Abendessen, meine Mundwinkel gehen nach oben. Ansonsten schläft Bruno jetzt in einem gemieteten Zimmer die Straße runter. Ich lächle weiter, damit diese Sorgenfalten endlich aus ihren Gesichtern fliehen. Burghard setzt sich neben meine Mutter auf die Couch. Wir wollen uns vorerst freitags abwechseln, damit der Junge in seinem gewohnten Umfeld bleiben kann. Meine Mutter fasst sich ans Herz.

»Also, es ist niemand gestorben«, sage ich. Dass ich jetzt meine Mutter und Burghard tröste, liegt in der Natur der Überbringung schlechter Nachrichten. Auf das Entsetzen war ich gefasst, nicht so sehr auf das Mitleid. Meine Mutter beugt sich nach vorn und rubbelt meinen Oberschenkel. Ich finde die beiden auf der Couch vor mir dann doch irgendwie niedlich. Burghard steht auf und sagt, er mache mal für alle Kaffee.

»Jedenfalls«, sage ich. »Die Wohnung, in die ich ziehen möchte, ist in zwei Monaten frei, dann kann Bruno zurück in seine Wohnung.«

Meine Mutter steht auf und holt einen Lappen. Burghard setzt sich wieder hin.

»Mutti, wir haben uns wirklich, wirklich getrennt. Ich nenne Bruno jetzt meinen Ex-Freund. Oder vielleicht den Vater meines Kindes. Ich weiß es noch nicht.« Wieder schweigt meine Mutter. Die Kaffeemaschine blubbert. Meine Mutter kommt zurück, wischt einmal über den Tisch. Ich schaue rüber zum Aquarium, in dem sich ein Haufen Fische geräuschlos durchs Wasser schiebt. »Ach, Dicke«, sagt sie und drückt den nassen Lappen an ihre Brust.

Meine Mutter ist Kinderkrankenschwester. Zumindest war sie das viele Jahre, bevor sie in die Altenpflege ging. Geboren ist meine Mutter in Brandenburg. Ein kleines Örtchen, das nur mal von Moritz von Uslar besucht wurde und dadurch für kurze Zeit Berühmtheit erlangte. Als Kind bin ich ein paarmal dort gewesen, um die Uroma Wilhelmine zu besuchen. Nachdem die gestorben war, hatte meine Mutter kaum noch Gründe, mit uns hinzufahren. Zu Uroma Wilhelmine ist meine Mutter gekommen, als sie sieben Jahre alt war. Oma Bungalow, wie ich sie als Kind immer nannte, hatte meine Mutter mit 16 bekommen. Mein Opa, ein italienischer Seemann, über den ich nicht viel weiß, weil meine Mutter nicht viel über ihn weiß, starb an einem Hirntumor, da war meine Mutter gerade ein Jahr alt. Geliebt hätten sich meine Großeltern, meint meine Mutter. Dann kam ein neuer Mann, den heiratete Oma Bungalow, und drei weitere Kinder entstanden. Das vertrug sich nicht gut mit meiner Mutter, die nicht dazugehören sollte. Einmal stand meine Mutter mit einem Messer in der Hand vor ihrem Stiefvater. »Wenn du mich noch einmal schlägst«, hat sie zu ihm gesagt. Und dann kam meine Mutter zu Uroma Wilhelmine, die insgesamt sechs Adoptivkinder im Laufe ihres Lebens bei sich aufnahm. Oma Bungalow kam regelmäßig zu Besuch. Eigentlich wollte meine Mutter auch zur See; immer wenn sie das sagt, ist ihr Blick träumerisch und sanft, als gäbe es auf See, was man nirgendwo sonst findet. Oma Bungalow hat ihr eine Ausbildungsstelle als Krankenschwester besorgt. In Berlin. Da zog meine Mutter mit 16 erst in ein Schwesternheim und war mit einem Detlef zusammen, und danach zog sie schließlich in eine Einzimmerwohnung im vierten Stock der Spittastraße in Lichtenberg. Meine Mutter konnte immer gut alleine. Sie hatte nie einen Mann, weil sie ihn brauchte. Immer nur einen, den sie wollte.

Das Telefon klingelt. Meine Mutter geht ran und sagt einmal ganz laut, Uschi sei dran. »Ick kann jetzt grade nicht, die Kleene is hier.« Meine Mutter schaut mich an und flüstert: »Darf ick es Uschi sajen?« Ich nicke. »Also Uschi, hier is wat los, die Kleene hat sich jetrennt.« Burghard muss kichern.

»Ich hab mich nicht getrennt, er hat sich getrennt!«, protestiere ich.

»Juti, ick ruf dir später zurück.« Meine Mutter nickt

und überliefert die Anteilnahme auf der anderen Seite des Telefons. »Die wird dit schon hinkriegen. Die is wie icke.«

*

Meine Eltern haben sich 1983 über gemeinsame Freunde kennengelernt. Auf einem Tanzboden sahen sie sich das erste Mal, wie meine Mutter gern mit einem Schmunzeln erzählt. Und auch, dass mein Vater wie ein Gockel in der Gegend rumstand. »Der dachte von sich, er sei der Schönste«, sagte sie in der festen Überzeugung, er sei derjenige gewesen, der den ersten Schritt gemacht hätte. Mein Vater hingegen schwört heute noch, meine Mutter sei auf ihn zugerast. »Der sah aber nich nur wie'n Gockel aus, sondern ooch wie 'n bunter Papajei, weil Oma Karin ihm die Pullunder jestrickt hat. Dieser farbenblinde Papajei.«

Ich hörte das gerne. Das Wissen um ihr Zusammenkommen war als Kind für mich ein Grundrecht. In meiner Jugend war ich sogar davon überzeugt, die Kennenlerngeschichte meiner Eltern sei die schönste, die es zu erzählen gab. »Wat hat der denn da an?«, fragte meine Mutter dann ihre Freundin, und ich ahmte sie nach, eine freie Interpretation des Moments, in dem ich eine Hand unter mein Kinn setzte und meine Augenbrauen zusammenzog. Schließlich fügte ich hinzu: »Und das war der Beginn von etwas ganz Großem.« Nach dem Abend auf dem Tanzboden trafen sich meine Eltern regelmäßig. Mein Vater erzählte mir, er war bei meiner Mutter zum Essen eingeladen und freute sich über den versalzenen

Braten. »Jut, anscheinend isse verliebt«, dachte er und aß glücklich den missratenen Braten. Meine Mutter wiederum machte es ebenfalls glücklich, auf seine Verliebtheit zu schließen, weil er das versalzene Ding runterschlang. Wenn schlechtes Essen und dessen Verzehr ein Beweis von Verliebtheit sind, dann sollten Leute bei ihren ersten Verabredungen sehr viel weniger in Restaurants gehen. Mein Vater arbeitete zu dieser Zeit im Drei-Schicht-Modell eines Bremswerks. Sie lebten gemeinsam in der Wohnung meiner Mutter in Lichtenberg. Als meine Mutter schließlich mit meinem Bruder schwanger wurde, musste sowohl eine neue Wohnung als auch ein neuer Job für meinen Vater her. Sie zogen nach Marzahn in die Allee der Kosmonauten. Für die Platte dort war der Stiefvater meiner Mutter als Hausmeister zuständig. Der besorgte meinem Vater schließlich einen Job als Hausmeister in der Falkenberger Chaussee, in die wir kurz nach meiner Geburt anderthalb Jahre später zogen. Gut möglich, dass der Stiefvater meiner Mutter, den ich nie Opa nannte, mit der Beschaffung der Hausmeisterstelle wieder etwas gut machen wollte. Die Wohnung in der Falkenberger Chaussee jedenfalls hatte nicht genug Platz. Sie reichte nicht aus. Im Grunde reichte die DDR meinen Eltern nicht aus. 1986 war das Jahr meiner Geburt und das Jahr des ersten Ausreiseantrags meiner Eltern.

*

2017. Mein Vater ruft mich an. »Süße, ich brauch dich. Hast du Lust auf eine Beerdigung?« Seit ein paar Jahren arbeitet mein Vater ebenfalls in der häuslichen Altenpflege, deshalb überrascht mich sein Anruf nicht.

Ich sage: »Klar hab ich Lust. Musst mir nur sagen, wo ich hinsoll.« Wir verabreden uns für den nächsten Tag vor der Kapelle des Zentralfriedhofs Lichtenberg.

»Hallo Papa, wer wird denn beerdigt?«

Mein Vater erzählt, es handle sich um eine Kundin von ihm, der er versprochen hatte, sich um alles zu kümmern. Und das hat mein Vater, inklusive Trauergäste: mich. Von Frau Gross' Familie und Freunden war seit Jahren niemand übrig. Sie war alt und allein und hatte meinen Vater, der Einkäufe für sie erledigte. Sie zum Arzt brachte und, wenn es die Zeit erlaubte, bei ihr saß und mit ihr quatschte.

Frau Gross bekommt eine Urnenbestattung. Es ist Vormittag, die Sonne scheint, ein Pfarrer spricht ein paar nette Worte, wir stehen vor dem Loch, in dem Frau Gross jetzt ihre letzte Ruhe finden wird. Beide schauen wir mit gesenkten Köpfen nach unten, und ich höre, wie mein Vater leise »Adrian« sagt.

Mein Vater und ich hatten dieses Ritual, dass, wenn er »Adrian« rief, es ein Ruf nach mir war. So wie Rocky nach seiner Adrian rief, die er in der Menge nicht erblicken konnte, nachdem er den Kampf gegen den Russen im dritten Teil gewonnen hatte. Als Kind hörte ich ihn »Adrian« rufen, und ich wusste sofort, in welche Richtung ich rennen musste, um theatralisch mit »Ich bin hier!« in die Arme meines Vaters zu segeln.

Frau Gross war eine liebe Frau, hat mein Vater gesagt. Wir nehmen uns an die Hand, und in dem Moment läuft einer mit einem Horn zwischen den Grabsteinen entlang. Der kraftvolle Klang legt sich wie eine Decke über den gesamten Friedhof. Ich gucke zu meinem Vater, der mir zuzwinkert. Ich finde, das mit dem Horn ist eine ziemlich feine Geste von meinem Vater. Es ist das letzte Mal, dass ich mit meinem Vater allein bin.

*

Es war eher mein Vater, der damals vom Westen träumte. Meine Mutter war die Ängstlichere von beiden. Zwei kleine Kinder, die man ihr hätte wegnehmen können, legten sich über ihr Mutterherz und krallten sich dort fest. Schon mit dem Antrag einer Ausreise geriet man ins Visier der Stasi, was meine Eltern unruhiger werden ließ. Zudem waren einige Freunde meiner Eltern erfolgreich über Ungarn nach Bayern geflüchtet. Zu der Zeit klemmte mein Vater beim Verlassen der Wohnung Papierstreifen oben in die Tür. Sollten er oder meine Mutter nach Hause kommen und das Papier auf dem Boden liegen sehen, hätten sie Gewissheit gehabt, dass sich jemand Zutritt zur Wohnung verschafft hätte. Auffällig oft parkten Autos mit Fahrern, die nicht ausstiegen, vor der Haustür; mein Vater war außer sich.

Ihre Stasi-Akte haben meine Eltern nie eingesehen. Warum nicht?, wollte ich einmal wissen. Da war ich schon längst erwachsen und nicht mehr nur an dem romantischen Teil der Geschichte meine Eltern interessiert. Die Antwort: Man hätte vielleicht erfahren, wer sie ausspioniert, sie vielleicht angeschwärzt hatte. Meine Eltern wollten nie wissen, ob es eine ihnen nahestehende Person gewesen war.

Der Ekel vor der Stasi hielt sich. Im Grunde gibt es nichts, worauf meine Eltern lieber schimpfen. Die Enttäuschung meiner Mutter, als überall Katharina Witts Rolle im SED-Staat diskutiert wurde. Tausendirgendwas Seiten Stasi-Akte, welche die Birthler-Behörde zum Teil veröffentlichen wollte und dies auch tat. Meine Mutter liebte Katharina Witt, sah stundenlang mit mir zusammen irgendwelche Eiskunstmeisterschaften auf Eurosport im Fernsehen. Staatstreue und Fotos mit Honecker nahm meine Mutter ihr aber trotzdem übel.

Was genau es war, das den Westen für meine Eltern so attraktiv machte, ist schwer zu sagen. Es waren sicher die Freunde. Und auch meine Tante, die Schwester meiner Mutter, die vom Westen schwärmte, wenn sie zum Ostbesuch bekam. »Kannst reisen«, war so ein verheißungsvoller Satz. Und dann war da noch Onkel Manfred, der schon zur Jugendzeit meiner Mutter immer auf Besuch aus dem Westen kam. Onkel Manfred war nur durch Zufall in Westberlin gewesen, als die Mauer hochging, und blieb dann einfach. Er brachte meiner Mutter die tollsten Geschenke mit: Süßigkeiten, Markenseife und Jeanshosen mit amerikanischer Flagge drauf. Bis heute sagt meine Mutter zu jedem, der ein verpacktes Geschenk bekommt: »Reiß uff wie 'n Westpaket!« Als meine Mutter einmal die amerikanische Jeanshose in der Schule trug, musste sie nach Hause gehen, um sich umzuziehen.

War meine Mutter anpassungsfähiger, keimte in meinem Vater gleichzeitig ein Rebell auf, der sich nichts daraus machte, was die Nachbarn sagen könnten, wenn er laut die Rolling Stones in seinem Zimmer hörte. *You can't always get what you want* dreht er laut auf, wann immer er das Lied hört. Zweimal hat er seine Stones schon live gesehen. Auf den ersten Ausreiseantrag folgte der zweite, folgte der dritte. Regelmäßig gingen meine Eltern zu einer Baracke in Hohenschönhausen, um sich nach dem Stand ihres Verfahrens zu erkundigen. Sie wollten die DDR friedlich verlassen. Von der Schmach erzählen sie immer mit gesenktem Blick. Der unhöflichen Behandlung, weil sie ausgerechnet eine jener Familien waren, die ausreisen wollten. »Wenn Sie Ihre Füße nicht stillhalten, sehen Sie Ihre Kinder nie wieder.« Einer dieser Sätze, die meine Mutter in Angst und Schrecken versetzte. An manchen Tagen schmierten sie der Stasi ordentlich Honig ums Maul, an anderen Tagen riss mein Vater die Tür vom Nebenzimmer auf, sah laufende Tonbänder und brüllte. Unterschätzt hat mein Vater seinen Staat nie. In diesen drei Jahren seit dem ersten Ausreiseantrag war es unbequem für meine Eltern. Die Spionage hatte System. Bei der Arbeit wurde mein Vater aus heiterem Himmel des Diebstahls bezichtigt; ein Vorwand, einmal alles von ihm aufzunehmen, Fingerabdrücke und sogar Geruchsproben. Danach hatte der Verdacht doch nur auf einer Verwechslung beruht.

»Wir hatten ein Telefon.«

»Ja und?«, fragte ich.

»Niemand hatte ein Telefon. Außer, es war verwanzt.«

Zweifel, ob die Ausreise wirklich das Richtige war, fortan ein Begleiter des Tages. Als die DDR allmählich bröckelte, liefen sie wieder öfters zur Baracke. Und sie besuchten Demos, die es nun immer öfter in der Stadt gab. Nach Bayern wollten sie am liebsten, und durch eine Verwandte im Westen, meine Tante, hätten sie dort auch bleiben können.

Am 9. November 1989 fiel die Mauer. Ich war drei Jahre alt und habe keinerlei Erinnerung an dieses Ereignis. Könnte ich durch die Zeit reisen, mir jeden Zeitpunkt aussuchen, vielleicht würde ich dahin zurück. Keinerlei Erinnerung an diesen denkwürdigen Tag zu haben, obwohl ich dabei gewesen bin, ruft in mir etwas Bitteres hervor. Knapp vorbei, zu spät geboren, indirekt verpasst. Oft frage ich Leute deshalb, wie sie den Mauerfall erlebt haben. Im Prinzip könnte ich mir den ganzen Tag darüber Geschichten anhören.

Wir jedenfalls waren gemütlich zu Hause in der Falkenberger Chaussee. Mein Bruder und ich schliefen, meine Mutter am Wuseln, mein Vater vor dem Fernseher. Dann klingelten Achim und Liane gegen zehn Uhr abends an der Tür. Zwei Freunde meiner Eltern, die in der Platte neben uns lebten. »Die Mauer is uff.« Zeitgleich hörte mein Vater Schabowski im Fernsehen sagen: »Das tritt nach meiner Kenntnis … ist das sofort, unverzüglich.«

Ich stelle mir meinen Vater gern in diesem Moment auf der Couch vor. Rasend vor Wut, dass sie das Ding jetzt einfach so aufgemacht hatten, wo sie doch so hart um ihre Ausreise gekämpft hatten. Er saß auf der Couch, während andere schon drüben waren. Ich lache jedes Mal an dieser Stelle. Aufgeregt sind sie in der Wohnung hin und her gelaufen. Schließlich haben sie uns rüber zu Liane und Achim gebracht. Sieht man heute Aufnahmen von der ausgelassenen Stimmung auf der Mauer, die Bierflaschen, die hochgehalten werden, Menschen, die sich in die Arme fallen, kommt man gar nicht auf die Idee, dass meine Eltern dieser Nachricht nicht so recht trauen wollten. Mein Vater, da ist wieder dieser Satz, hat seinen Staat nie unterschätzt. Dass es zu militärischen Einsätzen kommen könnte, war eine Möglichkeit, die beide in Betracht zogen. Also fuhren meine Eltern erst einmal allein los. Unfassbare Bilder, die sie dann sahen. Mein Vater sagt oft: »Die, die von hinten gedrückt haben, und die, die vorne mit den Polizisten diskutiert haben, das waren die wahren Helden dieser Nacht.« Zufällig trafen sie auf einen alten Freund, sie schlossen sich zusammen und erlebten dieses historische Ereignis. Das erste Ziel im Westen: der Ku'damm. »Da brannte die Luft in den hellsten Farben«, sagt mein Vater.

Es waren nur ein paar Minuten, sie waren Touristen in ihrer eigenen Stadt. Es gibt ein sehr schönes Foto von meinem Vater. Ein Polaroidfoto. Nur ein kleiner Schnappschuss, den ich seit Jahren als Lesezeichen benutze. Mit Hammer und Meißel steht mein Vater an der Mauer und kloppt auf sie ein. Er hat da noch einen Schnauzbart, trägt eine schwarze Jacke und Jeans. Um seinen Hals ein blauer Wollschal, und jedes Mal denke ich, es muss eisig kalt in dieser Nacht gewesen sein, weil mein Vater eigentlich nie Schals trägt. Da sie spontan dorthin gefahren sind, muss er sich den Hammer und den Meißel für das Foto von jemandem dort geliehen haben. Vielleicht war es ein Ding, sich so fotografieren zu lassen. Er reißt für seine Pose jedenfalls kämpferisch den Mund auf. Wer weiß, wie viele solcher Fotos es in Familienalben gibt.

Noch auf dem Rückweg in die Falkenberger Chaussee entschieden meine Eltern, sie würden es wagen. Dass es sie nicht mehr zu Hause hielt, finde ich einen bemerkenswerten Teil dieser Geschichte. Erst mal ruhig bleiben und abwarten – so waren meine Eltern nicht. Vorkehrungen hatten sie ohnehin längst getroffen. Die Wohnung war innerhalb eines Tages leer geräumt. Am zweiten Tag packten sie Koffer und Fernseher in ihren kleinen Käfer, schnallten uns Kinder an und fuhren los. Einen Umweg machten sie noch. In die Baracke in Hohenschönhausen. Die Papiere, auf die sie so lange gehofft, für die sie so gelitten hatten, die wollten sie sich noch holen. Die Stasi-Frau schaute meine Eltern ungläubig an.

»Sie brauchen diese Papiere doch gar nicht mehr.«

»Wir wollen unsere Papiere.«

Und dann ging es los. Im roten Käfer, wir Kinder streckten in der Bornholmer Straße die Köpfe aus dem geöffneten Dach, Leute klopften aufs Auto und jubelten. So fuhren wir. Ins absolute Ungewisse, aber der Überzeugung, dort drüben sei es besser. Und obwohl mein Vater bis hierher wie ein Zug unaufhaltsam nach vorne fuhr, plagten ihn Ängste, sie könnten es nicht schaffen. Was war es, das ihm half, seine Angst zu überwinden? Er sagt: »Deine Mutter.«

*

Der Hausmeister schickt mir eine Nachricht. Die Rattenklappen sind eingetroffen, er kommt gleich mit zwei Handwerkerkollegen vorbei. Mehr Gutes kann heute nicht passieren. In ein paar Stunden ist der Rattenalbtraum vorbei. Ich muss nicht mehr ins Töpfchen pullern, brauche nachts keine Angst vor den haarigen Biestern in meinem Bett zu haben, keine Krankheiten können mehr übertragen werden. Das Loch unter dem Waschbecken wird ebenfalls zugemacht. Aufgeregt rufe ich Bruno an. »Das war's mit den Ratten! Die Rattenklappen kommen.«

»Sehr gut!«

»Ich bin so erleichtert.«

»Es wird alles gut werden.«

»Alles, alles?«, frage ich.

»Ja, alles. Wirst sehen.«

Als der Hausmeister an meiner Tür klingelt, fange ich an zu zappeln. »Mausi, jetzt wird gebohrt und gehämmert.« Der Junge fragt, ob wir Besuch bekommen. »Ja, wir bekommen Besuch von den lieben Handwerkern.« Mein Kind ist ein Kind, das findet, Handwerker sind Superhelden. Zwei von ihnen und mein Hausmeister stehen jetzt in meinem Flur und werden von meinem Sohn aufgeregt begrüßt.

»Wo sind denn die Klos?«

Ich führe einen Handwerker zum Gästeklo und den anderen ins Bad. Vom Flur aus höre ich den einen Handwerker aufschreien. Der Hausmeister hat die Luke geöffnet, um zu schauen, ob das Säckchen mit dem Rattengift Wirkung gezeigt hat. »Ist das ein Viech!«, höre ich. Tot liegt eine hinter meiner Badezimmerwand. Sehen will ich die auf keinen Fall, also werfe ich dem Hausmeister mit geschlossenen Augen eine Plastiktüte vor die Füße, in die er sie reinmacht. Der Junge hört »tote Ratte« und will unbedingt gucken. Ich halte ihn, so gut es geht, zurück, damit er nicht ins Bad rennt. Der Handwerker erklärt mir gleichzeitig sein Vorhaben. Er sagt: »Die Jeschichte läuft so. Man hat hier so Lamellen, und hier ist die Klappe, dit drückt man hinten aufs Rohr. Wichtig is vor allem, dass die Klappe nach oben jerichtet is. Wenn die falsch sitzt, dann setzen sich da Fremdkörper fest. Globen Sie mir, dit wollen se nicht. Ick sag nur Verstopfung.«

»Aha«, sage ich, verstehe nur wenig und halte weiter den Jungen fest, der nun weint, weil er die tote Ratte nicht sehen darf.

»So. Eins, zwei, drei. Ick bin in de Startlöcher. Kann losjehn.« Nach wenigen Sekunden ruft der Hausmeister: »Platz da!« Die Tüte mit der toten Ratte hängt wie ein schwerer Einkauf an seinem Arm. Er läuft fluchend damit zur Tür, den Geruch aus der Wand zieht er hinter sich her. In meinem Kopf sind die Ratten so groß wie Schoßhunde. Wenn ich den angewiderten Blick meines Hausmeisters so sehe, denke ich, es könnte hinkommen. Erst mal

Loch zu, dann die Klappen. In der Küche mache ich mit dem Jungen auf dem Arm den Wasserkocher an. »Milch und Zucker?«, frage ich einmal alle ab. Alle wollen ihren Kaffee schwarz. Der Handwerker im Gästeklo ist schon ordentlich am Krachmachen, ich bin immer noch am Zappeln, der Junge vergisst die tote Ratte und ist jetzt fasziniert von einem Werkzeugkoffer. Der Handwerker betätigt mehrmals die Spülung. Er ruft: »Haste mal ’nen 19er-Schlüssel? Brauch ick!«

»Jo«, kommt es aus dem anderen Bad zurück. Ich laufe an die Tür, nehme den 19er-Schlüssel wie einen Staffelstab entgegen und bringe ihn dem anderen Handwerker. Geholfen habe ich schon immer. Mein Vater ist handwerklich begabt, hat zu Hause immer alles selbst repariert, sodass mir nicht in den Sinn kommt, ich könnte hier nicht gebraucht werden. »Einmal 19er, bitte schön«, sage ich.

Der Handwerker nickt und lächelt mich freundlich an. Aus dem Bad höre ich Gestöhne. »Der hebt dit Klo ab«, sagt der Handwerker im Gästeklo.

»Wie läuft die Operation da drinnen?«, frage ich.

»Jut so weit!«

»Ich bin so dankbar, dass Sie hier sind«, sage ich.

»Dit glob ick.«

»Ich hab die letzten Wochen abends immer ins Töpfchen meines Sohnes gemacht.«

»Ui.«

»Paranoides Töpfchenpullern, wissen Sie.«

»Hätte ick och jemacht. Auf keinen Fall hätte ick mir da rufjesetzt.«

»Danke.«

»Die Klappen sind jut, die wir da einbauen. Globen Sie mir, Sie brochen jetzt keene Angst mehr haben.«

Die Anteilnahme des Handwerkers rührt mich. Was ich hier gerade noch alles erlebe, sage ich ihm natürlich nicht. Ob dem Hausmeister eigentlich schon aufgefallen ist, dass Bruno gar nicht hier ist, überhaupt dass Bruno gar nicht mehr so oft hier ist, frage ich mich. Wieder geht eine Spülung. Nach einer halben Stunde sind die Rattenklappen festmontiert. Die Ratten können die Wohnung nicht mehr übernehmen. Ein Problem weniger.

*

Jeden Freitag. Jeden Freitag schlafe ich in dem gemieteten Airbnb ein paar Ecken weiter. Das erscheint mir richtig und falsch zugleich. Die Wohnung liegt im Erdgeschoss, gegenüber gibt es einen Bäcker. Das riesige Fenster hat lange Deckenvorhänge, und ich dachte, die lass ich mal lieber zu, damit keiner sehen kann, wie ich da mit meinem Laptop auf dem Schoß die Wand anstarre. Ein bisschen hoffe ich, ich würde mich in dieser kleinen Höhle geborgen fühlen, was mit zugezogenen Vorhängen ja recht gut ginge. Ich könnte natürlich die Vorhänge aufziehen, mich an das offene Fenster stellen und warten, dass jemand vorbeikäme. Dann könnte ich so Sachen klären, ob zum Beispiel der Bäcker da drüben was taugt. Und wie schlimm es ist, dass die ganze gottverdammte Stadt mit Airbnbs vermietet wird. Taylor Swift ist doch schon eine Sängerin, die man der Romantik zurechnen könnte, würde man sie einer Epoche zurechnen wollen, oder nicht? Liefe ein Paar an meinem Fenster vorbei, würde ich fragen: »Hey, würdet ihr euch, wenn ihr euch noch mal zum ersten Mal treffen würdet, aber mit dem Wissen über den anderen von heute, also würdet ihr euch dann noch mal aufeinander einlassen?« – »Hör mal auf mit den Drogen«, könnte er sagen. Und seine Begleitung könnte erst mich und dann ihn länger anschauen und ernsthaft überlegen.

Es ist eindeutig, ich bin froh, dass ich es bemerke, ich habe Liebeskummer.

Der Junge, in den ich mich zum ersten Mal in meinem Leben verliebte, war zwei Klassen über mir und hieß Timo Marquardt. Wir nahmen jeden Morgen denselben Doppeldeckerbus in die Schule, den 245er an der Ecke vom Moabiter Gefängnis; er saß schon drin, immer oben und hinten. Wenn der Bus stoppte, sah ich hochgestreckt als Erstes durch die Scheibe, ob er hinten saß, und wenn nicht, dann wartete ich auf den nächsten Bus. Deswegen kenne ich das Moabiter Gefängnis so gut, weil ich so lange den orangen Backstein mit den vielen kleinen Fenstern anschaute, bis der nächste Bus kam. Mittwochs hatte Timo Marquardt eine Stunde später Unterricht als ich, was ich über die Wochen herausfand, wenn er auch zwei Busse später nicht oben und hinten saß. An allen anderen Tagen stieg ich um 7:34 Uhr an der Haltestelle Alt-Moabit / Rathenower Straße zu ihm ein. Ich ging aber nie zu ihm nach oben. Es reichte mir, dass wir beide im selben Bus denselben Weg fuhren. Natürlich ließ ich ihn als Erstes aussteigen, damit ich ein paar Schritte hinter ihm laufen konnte. Er lief durch die Schultüren und verschwand. Hier und da sah ich ihn mal auf der Treppe oder auf dem Schulhof, aber das war weniger aufregend als unsere morgendlichen Busfahrten in unsere rosige Zukunft. In mein Tagebuch schrieb ich dann so Sätze, die sich für einen Gesprächsauftakt mit Timo Marquardt eignen würden. »Ich liebe dich« war ein heißer Favorit für einen Gesprächsauftakt, genauso wie »Ich liebe dich, Timo Marquardt« oder »Timo, ich liebe dich.« Die Varianten eines aussagekräftigen »ich liebe dich« schienen unendlich viele.

Einmal rief mich Stella an, wir müssten auf diese eine Schulparty. Noch waren meine Eltern nicht gänzlich von einem Nachtleben für mich überzeugt, aber diese Argumente »alle gehen da hin« und »Stella ist da« waren magisch. Um 1 Uhr musste ich zu Hause sein, viel Spaß, pass auf dich auf!

Die Party war ein zusammengelegter achtzehnter Geburtstag von drei Leuten, die ich nur von Weitem kannte. Im Tiergarten neben dem Teehaus, wo die allermeisten Partys unter freiem Himmel stattfanden. Es lief deutscher Hip-Hop. Samy Deluxe, DJ Tommek, Blumentopf. Gefühlt die gesamte Oberstufe war gekommen; als Neuntklässlerin kam ich mir nur geduldet vor. Und dann sah ich ihn. Meinen Schwarm aus dem Bus. Und wir saßen nicht im Bus. Liefen nicht in der Schule aneinander vorbei. Wir standen uns in einem völlig anderen Kontext gegenüber: auf einer Party im Tiergarten neben dem Teehaus, und es gab Jägermeister. Er trug Sneakers, Baggys und einen weißen Pullover von Fila, die Haare an den Seiten rasiert, oben der Zipfel gegelt, trotzdem sah er nicht nach Hip-Hop aus. Stella kannte den Freund seines besten Freundes, worüber ich mich eigentlich nicht wundern musste. Sie hatte Robin vor Kurzem auf einem Konzert getroffen, seitdem schliefen sie miteinander.

»Komm, ich stelle euch vor.«

Stella war wahnsinnig. Absolut wahnsinnig. Die Idee, mit dem Jungen zu reden, den ich seit einem Schuljahr liebte, den ich heiraten und von dem ich Kinder wollte, war absolut wahnsinnig. Der Puls ging raketenartig nach oben, denn gleich musste ich etwas sagen, deshalb motivierte ich mich selbst, indem ich mir sagte, ich muss das ja jetzt nur genug wollen, dann wird es schon klappen. Zu viert standen wir im Kreis. Meine Hose auf Hüfte, das Tanktop in Babyblau; Stella zeigte auf mich und sagte: »Das ist Judith. Sie fährt sehr gerne Bus.«

Mich traf der Schlag.

Und dann sprach er. Er sagte: »Hey.«

Und ich sagte: »Hey, hey.«

Er sagte: »Ich hab dich im Bus schon mal gesehen.«

Ich sagte: »Mein aktuelles Lieblingswort ist Tapetenwechsel.«

Er sagte: »Okay, cool.«

Dann drehte ich mich um und ging in so schnellen Schritten von dem Stehkreis weg, als wäre der Boden hinter mir Lava, überzeugt, mein Leben sei nun ein für alle Mal versaut. Ich denke, an diesem Abend, bei diesem ersten Kennenlernen, wurde der Grundstein für all meine Aufeinandertreffen mit dem anderen Geschlecht gelegt. Ich würde niemals die Frau werden, die es im Griff hat.

*

Die Idee, der Junge soll in der Wohnung bleiben, entstammt dem Internet. Das Nestmodell, heißt es dort, sei das Beste aller Modelle. Die Eltern fliegen zu den Kindern, und diese müssen sich dadurch nicht an die neue Situation anpassen. Die Situation wird an das Kind angepasst. Übergangsweise soll diese Nestgeschichte nun unser Familienleben sein. Meine Lebenskarriere hat einen neuen Tiefpunkt erreicht. Zwar wird der Junge auf lange Sicht gleich viel Zeit bei uns beiden verbringen, aber für den Moment scheint es leichter, wenn er nur einen Elternteil mehr vermisst und nicht durch das Fehlen beider Elternteile im Wechsel überfordert wird. Er ist es gewohnt, dass ich mehr Zeit mit ihm verbringe. Bruno und ich sind uns einig.

Ich bin eine gute Mutter, ich will eine gute Mutter bleiben. Das könnte ich laut aus dem Fenster rufen und auf einen Handschlag warten oder so. »Du schaffst das!«, könnte jemand schreien, und ich wäre so was wie die Mutter aller Mütter. Einsam in einem Airbnb, einmal in der Woche, was für eine aufopferungsvolle Frau! Eine Ostfrau, Mitte 30, der Haaransatz ist gefärbt. Am Anfang wäre ich noch ganz bescheiden, würde abwinken, vielleicht erröten, aber dann würde ich meine Arme hochreißen. Ich könnte auf den Stuhl steigen und mir wie bei der Siegerehrung eines Formel-1-Rennens Sekt über den Kopf kippen. Mein Vater hat immer samstags Formel 1 auf RTL geschaut. Die Nummer mit dem Sektbad am Ende habe ich mir nie entgehen lassen. Mein Vater hat Schumi geliebt, so sehr, dass er ihn Schumi nannte und ich erst sehr viel später herausfand, dass Schumi eigentlich von Schumacher kommt, was kein schlechter Name wäre, wenn man beispielsweise bei Deichmann arbeiten würde. Egal. Ich habe keinen Sekt, stelle ich fest, rede mir aber trotzdem weiter ein, ich sei eine gute Mutter, weil ich genau in diesem Moment eine abwesende Mutter bin. An diesen Gedanken muss ich mich gewöhnen.

Dass Bruno zu wissen scheint, dass ich mich daran gewöhnen muss, freut mich. Überhaupt ist es mittlerweile ziemlich harmonisch zwischen uns, weil wir versuchen, an einem Strang zu ziehen, etwas, das uns als Eltern sonst nie besonders gut gelungen ist. Bruno hat keine Einwände, mir seine Zweitwohnung einmal in der Woche zu überlassen.

Nach Weggehen ist mir Freitagabend nie. Ich muss mein Buch überarbeiten, bestelle Ente kross und stelle mir eben Gespräche aus dem Fenster vor. So ein gemietetes Zimmer wie dieses hier, mit einem schwarzen Holzelefanten in der Größe eines Hundes, ist ein guter Ort, um verrückt zu werden, wenn man dann mal in seinem Leben an den Punkt kommt, verrückt zu werden. Das Bett riecht nach Bruno. Den Eindruck, hier könnte bereits eine andere Frau übernachtet haben, habe ich nicht. Alles sieht nach

Bruno aus. Die Sachen hat er nicht aus seinem Koffer genommen. Sie liegen ordentlich zusammengefaltet darin, ein paar getragene T-Shirts und eine Jeanshose hängen über einem Stuhl daneben. Es sieht ordentlich aus, das Bett ist gemacht, auf der Tagesdecke liegt ein Handtuch für mich. Ich ziehe die Tagesdecke vom Bett, brauche ein paar Anläufe, um mich wirklich reinfallen zu lassen, und lege mich schließlich ganz vorsichtig hin, die Schuhe habe ich noch an. Ich rieche am Kissen, das Kissen riecht nach Bruno. Ich rieche länger an dem Kissen, als ich eigentlich sollte, es ist die Art Geruch, die ins Herz einzieht. Dann stehe ich auf und gehe ins Bad. Auch hier hat er sich eingerichtet wie zu Hause. Es ist das gleiche Duschgel, die gleiche Zahnpasta, das gleiche Deo. Das Handtuch, an dem ich auch wieder viel zu lange rieche, hängt so, wie es zu Hause hängt. Ein komischer Ehrgeiz, den ich da entwickle, zu überprüfen, ob sich Brunos Gewohnheiten in irgendeiner Weise verändert haben. Ich lasse nicht locker und wundere mich, wie bekannt mir Bruno in einer fremden Wohnung vorkommt. Ein Haargummi liegt nirgendwo herum. Einmal habe ich eine Haarspange unter einer Kommode bei uns zu Hause gefunden. Bruno schwor, wenn sie nicht meine wäre, müsse sie aus der Zeit vor mir sein. In einer Wohnung zu leben, in der andere Frauen übernachtet haben, hat mir immer zu schaffen gemacht. Es war meine Haarspange, und ich wollte wissen, wie er reagiert, wenn ich ihn mit einer Haarspange konfrontiere. Gelacht haben wir dann beide, als das Entsetzen über die Haarspange aus seinem Gesicht floh.

Eigentlich hat er das nicht. Eigentlich hat Bruno mich angeschaut, als hätte ich einen gigantischen Dachschaden, von dem er längst geahnt hatte, dass er da war, nur dass er sich bisher eben nicht sicher gewesen war, wie gigantisch. So wie damals, als ich Bruno sagte, ich hätte Angst, jemand könne mich, wenn ich an einem Gleis stände, vor die U-Bahn schubsen, und dass ich mir manchmal vorstelle, wie es wäre, wenn ich jemanden vor die U-Bahn schubsen würde, da rief Bruno: »Was?«, und ich sagte: »Ich will es ja nicht tun«, und er sagte: »Das ist krank«, ich dann: »Es sind immer nur Männer, keine Kinder oder so«, »Krank!«, ich wieder: »Nur vorgestellt«, und dann dachte ich, man sollte so etwas besser für sich behalten.

Ich empfinde Eifersucht bei dem Gedanken, Bruno könnte mit einer anderen Frau schlafen. Wobei ich mir nicht sicher bin, ob es das ist oder die Vorstellung, er könnte danach mit einer anderen Frau nackt im Bett liegen und über Gott, Haustiere und Probleme in der Welt plaudern. Mit dieser Vorstellung kann ich nur schwer umgehen. Am liebsten würde ich die Eifersucht aus mir herausziehen wie einen Splitter im Finger. Eifersucht hat eigentlich nur wenig mit mir zu tun und ich mit ihr, doch sind wir einander jetzt bekannt; aber ich kann mich ja nicht zu einem Knäuel zusammenknautschen, was ich gern tun würde, damit dieses grässliche Gefühl aus mir herausläuft, das sehr viel größer ist als nur ein Splitter.

Bei meinen Eltern war Eifersucht in ihren ersten Ehejahren, glaube ich, nie ein Thema. Ich habe zumindest keinerlei Szenen im Kopf, in denen meine Mutter meinem Vater irgendwelche Haarspangen unter die Nase hält. Mein Vater hat immer sehr viel mehr hinterhergeguckt als meine Mutter, das habe ich schon wahrgenommen, aber immer getreu dem Motto: Gegessen wird zu Hause. Der traurige Blick meiner Mutter entging mir jedoch nicht. Und auch nicht ihr Wille, nicht hinzuschauen, wenn mein Vater mit einer schönen Frau witzelte.

Meiner Überzeugung nach kann Bruno jetzt mit jeder Frau schlafen. Ich habe sogar schon davon geträumt, er würde mit Scarlett Johansson schlafen, obwohl ich mir nicht vorstellen konnte, wo Bruno Scarlett Johansson hätte begegnen können. Jedenfalls sehen alle Frauen so schön wie Scarlett Johansson aus, haben gute Pos, gute Busen, blonde Haare. Ich helfe mir mit dem Gedanken, sie könnten entweder dumm sein oder einen schlechten Charakter haben. Eine jüngere Frau wäre mir lieber als eine ältere Frau. Weil die ältere Frau mir durch mehr Lebenserfahrung überlegen wäre. Eine Jungsche könnte mir nicht das Wasser reichen, da bin ich mir sicher. Beim Eisladen neulich stand ich mit dem Jungen in der Schlange. Vor mir eine unglaublich gut aussehende Frau. Blonde, kurze Haare, eine Neuköllner Scarlett Johansson, sie trug einen kurzen Rock, mit phänomenalen Beinen darunter, getragen von hohen Schuhen, ich konnte meinen Blick nicht von ihr abwenden. Wenn Bruno mit so einer Frau zusammenkäme, piepegal, wie alt sie ist, wäre das mein Ende. Der Junge zuppelte an mir herum. »Ich will Mango!« Ja doch. »Und Schoko!« Ist gut, und Schoko. »Und Streusel.« Ob die Frau immer so aussieht? An jedem Tag in der Woche? Niemals in Jogginghose, völlig zerzaust. Ich schaute an mir herunter. Vielleicht sollte ich auch wieder Röcke tragen. Mein Film, Bruno könne sich in die Frau sofort verlieben, wenn er sie sähe, und sie sich in ihn, kennt keine Schnitte. Ich weiß immer ganz genau, wenn Bruno eine Frau attraktiv findet. Diese hier hätte er ganz sicher sofort toll gefunden. *Wo habt ihr euch getroffen? Beim Eisessen! Meine Ex-Freundin stand gerade mit meinem Sohn in der Schlange, als ich sie sah und mich ein Schnellzug durchfuhr.* So unwahrscheinlich, dass Bruno jeden Moment hier vorbeikommen könnte, war es eigentlich gar nicht. Meine Ungeduld machte sich vor allem dadurch bemerkbar, dass ich immer wieder in alle Richtungen schaute. »Kann ich auch Smarties?« Natürlich. Was der Junge alles hätte von mir bekommen können, wusste er zum Glück nicht. Er sah süß aus, wie er seine kleine Nase und seine kleinen Hände gegen die Scheibe drückte. Es ging vorwärts in der Schlange, schnell bestellte ich die zwei Kugeln, mit Streuseln und Smarties. Ja, in der Waffel, schnell weg hier. Die schöne Frau war außer Sichtweite. Theoretisch ist Eifersucht ja gut, weil sie einem zeigt, dass man liebt. Praktisch gesehen ist sie natürlich zum Kotzen.

Im Airbnb liege ich auf dem Bett, rieche wieder am Kissen und muss vor Scham weinen. Vielleicht ist es auch ein bisschen Wut. Vielleicht ist es von allem ein bisschen.

Nebenan läuft laute Musik. *Runaway Train*. Ich mag dieses Lied verdammt gern. Ich klappe den Laptop wieder auf. Die Arbeit am Buch lenkt mich ab. Nebenbei stochere ich weiter im Essen rum. Ich bekomme es kaum run-

Mein Herz rast. Urlaub bei der Ex-Schwiegermutter. Plötzlich sehe ich alles vor mir. Wie wir die nächsten Jahre versuchen werden, Dinge so zu machen, wie wir sie immer gemacht haben, nur mit dem Unterschied, dass wir nicht mehr in einem Bett schlafen. Urlaub bei der Ex-Schwiegermutter. Ich trinke für meine Situation noch nicht genug Alkohol.

»Dann müssen wir uns aber versprechen, dass wir bestimmte Wörter nicht sagen«, erkläre ich.

»Welche zum Beispiel?«

»Ratten!«

»Okay. Was noch?«

»Einzelkind.«

»Therapie.«

»Familienurlaub.«

»Internet.«

»Wieso denn nicht Internet?«

»Ich will sehen, wie du tagelang versuchst, nicht Internet zu sagen.«

»Wir fahren zusammen weg. Die Worte Ratten, Einzelkind, Therapie, Familienurlaub und Internet werden nicht in dem Mund genommen. So sei es!«

»Törööt!«

Ich ziehe meinen Laptop wieder auf meinen Schoß, mache aber nicht den Film wieder an, sondern gebe im Internet den Namen Timo Marquardt ein. Ich suche in allen nur denkbaren sozialen Netzwerken nach ihm. Fehlanzeige. Wie kann es sein, dass einer keine Spur im Internet hinterlässt? Ist er etwa gestorben? Ein unangenehmes Gefühl. Ich atme erleichtert auf, als ich ihn bei Xing entdecke. Mein erster Schwarm ist nicht tot, sondern Filialleiter einer Sparkasse. Auf dem Foto trägt Timo einen Anzug, sein Gesicht hat sich kaum verändert, auch wenn der Anzug weit weg von dem Timo in Baggys ist, den ich aus meiner Schulzeit kenne. Ich freue mich, dass aus ihm offenbar etwas geworden ist. Bestimmt ist er verheiratet, bestimmt hat er drei Kinder und eine Datsche irgendwo am Rand von Berlin. Eine weitere Suche zeigt mir, in welcher Filiale er arbeitet. Kurz überlege ich, wie es wäre, wenn ich dort hinführe mit nichts als ein paar Erinnerungen an die zwei Kinder, die wir mal waren. Die Gedanken an Timo Marquardt lenken mich von Bruno ab. Ich schlafe ruhig, fast schon zufrieden ein.

*

Schon in der nächsten Woche sollten wir gemeinsam nach Westdeutschland fahren. Als Bruno an der Tür klingelt, rennt der Junge sofort in den Flur. Der Junge trägt immer noch seinen Schlafanzug, den, den er von seiner Oma zu Weihnachten bekommen hat.

»Guten Morgen«, ruft Bruno und hebt den Jungen hoch.

»Papa, da war ein toter Vogel vor unserem Balkon.«

Bruno läuft mit dem Jungen im Arm den Flur runter.

»Na?«, frage ich. »Bist du bereit für die Autofahrt mit deiner Ex-Freundin?«

Bruno lässt den Jungen runter. Er hüpft auf die Couch

und verlangt noch eine Folge *Paw Patrol.* Aus dem Schlafzimmer hole ich den Koffer.

»Deine Mama hat erzählt, dass du bis zehn zählen kannst!«

»Ja, kann ich.«

»Toll.«

»Warte! Eins.«

»Gut.«

»Zehn.«

Bruno lacht. Der Junge lacht. Ich schaue beiden gerührt dabei zu.

»Und fahren wir jetzt in den Urlaub?«, fragt Bruno.

»Jaaaaa!«, ruft der Junge.

»Jaaaaa!«, rufe ich.

Das erste Mal sind wir mit dem Jungen in den Urlaub nach Usedom gefahren. Bei keinem Urlaub danach ist es uns je wieder gelungen, die Zeit miteinander so zu genießen. Zu oft hatten wir unsere Probleme mit in die Koffer gepackt – aber die fünf Tage an der Ostsee waren damals schön.

Es war furchtbar heiß, wir schoben den Jungen im Kinderwagen zum Strand, bedeckt mit drei Leinentüchern. Permanent war ich in Sorge, der Junge könnte zu viele Sonnenstrahlen abbekommen, aber da wir die Sorge teilten, kam ich mir weniger übermütterlich und sehr viel mehr elterlich vor. Wir kauften eine Strandmuschel und taten nichts weiter, als unter ihr zu liegen und aufs Meer zu schauen. Der Junge schlief im Schatten, Möwen kreisten am Himmel, wir hielten Händchen. Bruno sah zufrieden aus, so zufrieden, wie ich ihn vorher noch nicht gesehen hatte. Es gab uns drei, und mehr wollte ich in meinem Leben nicht.

Meistens fuhren wir im Sommer im Anschluss an eine Reise noch zu Brunos Mutter aufs Land. Bruno stammt aus einem kleinen Ort bei Köln. Gehasst hat er seine Jugendzeit, wie er mir während unserer ersten Fahrt dorthin erzählt hat. Es gab dort nichts zu tun, nichts zu sehen. Keine Partys, keine Eskalationen. Nicht, dass das Bruno heute wichtig wäre, aber ich glaube, er braucht die Möglichkeit dazu. Und doch fährt er immer wieder zu sich nach Hause, dorthin, wo die Mutter gut kocht, die Großmutter nur ein paar Häuser weiter wohnt, eben dorthin, wo der Geruch von Geborgenheit durch die Zimmer zieht. Auch wenn Bruno Berlin für seine Vielfalt und Abwechslung liebt, ist er nach all den Jahren noch nicht richtig angekommen. Ob Bruno das überhaupt kann, habe ich mich oft gefragt. Was ich an Bruno aber so schätze, ist, dass er sich immer und überall reinwirft, auch dort, wo er eigentlich nicht sein möchte.

Während der Autofahrt sprechen wir viel. Ob er mitbekommen habe, dass die Temperaturen im Juli im Schnitt zwei, drei Grad zu hoch waren. Der Deutsche Wetterdienst sprach von einem »Endlos-Sommer«. Kurz schaue ich zu Bruno rüber, der kurz zu mir schaut, dann schaue ich wieder nach vorn.

Der Junge döst ein, was ich beim Fahren mag. Bei meinem Vater konnte ich auch immer gut im Auto schlafen, in keinem Auto fühle ich mich sicherer. Bruno und ich sprechen weiter über dies und das, hören Amy McDonald, die wir beide beim Fahren so gern hören. Ich gerate in Hochstimmung, bin zufrieden mit mir und uns, wie wir es bis hierher geschafft haben, stolz, wie mutig wir sind. Mein Wille, nicht zu streiten, ist immens. Ganz egal, was mich erwarten würde, ich wollte auf alles geduldig, besonnen, sachlich reagieren. Wenn uns diese Reise gelänge, würden wir vielleicht ein neues Familienfundament für uns schaffen.

Nach sieben Stunden erreichen wir das Haus. »Geht ruhig schon mal rein,« sage ich. »Ich rauche noch kurz eine im Auto.«

Bruno drückt meine Hand, dann geht er zum Kofferraum, wuchtet die Taschen in die Einfahrt, der Junge kann vor Aufregung nicht mehr still sitzen.

Ich strecke mich lächelnd zur Rückbank, befreie den Jungen von seinem Gurt, die Tür geht auf, und schon hüpft er aus dem Auto.

Es ist früh am Abend, der Himmel zeigt sich in einem wunderschönen Rosa, er sieht wie angemalt aus. Eine E-Zigarette, dann steige ich aus. Vor der Haustür meiner Schwiegermutter angekommen, atme ich noch einmal tief durch. Der Kreide-Segen auf dem Türsturz ist schwungvoll geschrieben. Die Tür öffnet sich, noch bevor ich überhaupt an ihr geklopft habe.

»Das ist aber schön, dass du hier bist.« Brunos Mutter schaut mir eindringlich ins Gesicht, dann mustert sie mich von oben bis unten, wahrscheinlich um herauszufinden, wie viel Schwiegertochter wohl noch in mir steckt.

Beim Betreten des Hauses stelle ich fest: Alles sieht aus wie immer. Auf dem kleinen Tisch im Flur stehen gerahmte Bilder aller Enkelkinder. Die Mannschaft ist vollzählig.

»Hast du Hunger?«, will Bruno wissen und läuft in die Küche.

»Einen Bärenhunger!« Ich laufe dicht hinter ihm her.

Bruno stellt Teller und Gläser auf den Tisch, in der Mitte stehen ein riesiger Topf mit Bohnensuppe und ein Glas Senf, in dem ein kleiner Löffel steckt. Bruno bricht sich ein Stück Brot ab und tunkt ordentlich rein.

»Ich bin froh, dass wir zusammen sind«, sage ich laut.

Brunos Mutter schaut mich begeistert an. »Seid ihr wieder zusammen?«

Bruno hustet.

»Nein, also ich meine, Gott, ich meine, dass wir jetzt hier alle zusammen sind.«

»Ach so.«

»Eine gute Bohnensuppe«, sagt Bruno.

Brunos Mutter schaut zwischen uns beiden hin und her.

Ich schaue zum Jungen, der bereits die Kiste mit den Spielzeugautos geplündert hat und sie auf einer Holzrampe, die an die Küchenschublade gelehnt ist, runterfahren lässt. »Mausi, komm essen«, sage ich.

»Wie wollt ihr denn schlafen?«, fragt Brunos Mutter.

Bruno schiebt sich einen Löffel in den Mund. Darüber hatten wir gar nicht gesprochen.

Bruno kaut. »Fefrennte Fimmer.«

»Ja, getrennte Zimmer gerne«, sage ich.

Sie sitzt gerade und gefasst wie eine *Tagesschau*-Moderatorin vor uns. Es ist, als würde Brunos Mutter in genau diesem Moment realisieren, wie ernst wir es meinen. Sie streicht die Tischdecke glatt. Ich bin nicht die Einzige, die sich vorgenommen hat, sich zurückzunehmen. Zum Nachtisch gibt es Vanilleeis mit gefrorenen Himbeeren aus der Tüte. »Gut, dann mach ich mal die Betten fertig.«

Nach dem Essen gehe ich rauf und packe meine Tasche aus. Ich schlafe mit dem Jungen in dem Bett über der Garage, in dem wir bisher zu dritt geschlafen haben. Bruno schläft den Flur runter in seinem alten Zimmer, das einen Balkon hat. Der Junge soll zwischen meinem Bett und Brunos Bett wechseln. Wir könnten ihn das auch selbst entscheiden lassen, meint Bruno, und ich zucke mit den Schultern. Vielleicht würde diese Reise doch nicht so entspannt werden, wie ich dachte. Vielleicht würde ich mich doch mehr beherrschen müssen als irgendeine Person sonst auf der Welt. Mein Wille zur Harmonie ist ungebrochen, und doch muss ich ihn anfeuern.

In dem Ort hier gibt es ein großes Einkaufszentrum, das Leo-Center. Es ist nicht hoch, sondern in die Breite gebaut. Es gibt ein Untergeschoss mit einer großen Küchen-

und Spielzeugabteilung. Nebendran ist ein Kino, in dem wir beim letzten Mal, als wir hier waren, irgendwann um Weihnachten rum, eine Kerkeling-Verfilmung gesehen haben. Geheult habe ich, als die Omma auf ihrem Totenbett zu ihrem Enkel sagte: »Du wirst ma wat ganz Besonderes.«

Weihnachten. Wie werden wir das in den nächsten Jahren anstellen, wenn wir irgendwann vielleicht beide in neuen Beziehungen sind? Ich denke an unser erstes gemeinsames Weihnachtsfest. Schwanger. Meine Güte, wie hatte ich mich über Wochen mit der Frage gequält, was ich Bruno schenken könnte. Ich wollte ihm natürlich etwas symbolisch Mächtiges schenken, etwas, das noch in 100 Jahren gebraucht werden konnte, das niemals in Vergessenheit geriet. Keine bescheidene Anforderung an ein Geschenk. Dann entschied ich mich für einen Kompass. Und ich fand, ich überreichte ihm damit die schönste Aufgabe von allen: Ich stellte mir vor, wie Bruno eines Tages mit dem Jungen irgendwo im Wald stand. Oder am Meer. Oder in den Bergen. Ich konnte sehen, wie er den Kompass aus seiner Tasche zog und unserem Jungen die Himmelsrichtungen erklärte, ihm zeigte, wo sein Zuhause war, wobei ich mir gar nicht sicher war, ob Bruno sich mit so was überhaupt auskannte. Vielleicht würde der Junge fragen, was die Zahlen auf dem Deckel bedeuteten, und vielleicht würde sich Bruno bis dahin mit dem Kompass beschäftigt haben. Ich war damals aufgeregt, als ich mir vorstellte, wie Bruno hoffentlich in sich hineinlächeln würde und an die Nacht zurückdachte, in der wir uns so fest im Arm gehalten hatten, als ginge die ganze Welt uns nichts mehr an.

Bruno hatte mir damals eine elektrische Zahnbürste geschenkt. Weil ich, als sie beim Fernsehen in der Werbung gezeigt wurde, gesagt hatte, ich hätte gern eine elektrische Zahnbürste. »Die ist sehr gründlich! Sie hat so eine Zeitanzeige. Und die Kundenrezensionen haben allesamt den Akku gelobt, der wohl sehr lange hält«, sagte Bruno.

Wir beschenkten uns, wie wir uns liebten: unterschiedlich, aber niemals gleichgültig.

Am nächsten Morgen fahre ich gleich als Erstes rüber zum Leo-Center. Was es im Leo-Center nicht gibt, braucht man nicht, heißt es. Ich glaube nicht, dass viele von den Leuten hier schon mal im Osten waren. Meistens lasse ich mir im Leo-Center Zeit, streife durch die Gänge, fahre runter in die Küchenabteilung, packe irgendwas in meinen Wagen, nur um es später doch nicht mitzunehmen. Einen großen Tchibo gibt es. Und einen Bäcker, bei dem ich mir immer ein Stück Kuchen und einen Cappuccino besorge.

Nicht selten kam ich hierher, um vor dem Trubel im Haus und meiner Schwiegermutter zu fliehen. Die Vorstellungen über das Tragen angemessener Kleidung bei Regen, Hitze, Schnee, bei möglichen Stürmen, möglichen Erdrutschen gingen auseinander. Die Entscheidungsgewalt lag bei mir, mir, der Mutter des Kindes, da konnte die Großmutter nur mit Versuchen kommen. Ich war oft, gerade zu Beginn, zu überzeugt von der Richtigkeit meiner Handhabe. Ich war oft nicht fair.

»Es tut mir leid«, sage ich. Eine Frau dreht sich zu mir um, die ich gedankenverloren angerempelt hatte. Am Stehtisch des Bäckers schaue ich auf die Uhr. In zwanzig Minuten muss ich zurück sein. Kurz denke ich darüber nach, was wäre, wenn Bruno einen Rückzieher machen würde. Auf die Knie ginge oder so was.

*

Die Reise ist eine gute Idee. Ich habe mir das Wiedersehen mit Brunos Familie, die nach und nach eintrifft, von der Tante bis hin zum Bruder mit Frau und Kindern, sehr viel schwieriger vorgestellt. Der Schmerz über die Trennung, den vermutlich alle erahnen, ist geparkt, irgendwo hinterm Haus, wo er in Ruhe Schmerz sein kann. Wir sitzen beisammen, wir reden, wir schauen zu den Kindern und seufzen. Ich erzähle von der neuen Wohnung, davon, dass ich morgen nach Köln zu meinem Verlag fahren werde. Bruno erzählt von der Arbeit. Ab und zu steht einer vom Tisch auf und geht aufs Klo. Natürlich bin ich noch ich, aber ein Teil von mir muss jetzt lernen, sich abzukoppeln. Irgendwann würde Bruno vielleicht mit einer anderen

Frau hierherfahren, dann wäre der Stuhl immer noch derselbe Stuhl. Einer, auf dem ich mal saß. Dem Stuhl ist es natürlich schnuppe, wer auf ihm sitzt. Ein beneidenswerter Gegenstand, so ein Stuhl. »Alles, was für den Jungen gut ist, ist auch gut für mich.« Ein Satz, den ich mir vorher überlegt hatte, den man prima sagen kann, der, wohl platziert, Brunos Familie die Angst nimmt, sie könnten den Jungen nicht mehr so oft sehen. Ich sage ihn mehrmals beim Essen, aber nur in meinem Kopf. Es gibt mein Lieblingsessen von Brunos Mutter. Roastbeef mit einer dunklen Soße, goldgebratene Kartoffelhälften, Bohnen im Speckmantel, dazu Gurkensalat. Der Junge haut rein, er sitzt auf seinem Stuhl, drei Kartoffelhälften fallen runter. *Alles, was für den Jungen gut ist, ist auch gut für mich.*

Am Abend kommt Brunos Mutter zu mir. Will ich irgendwo allein mit Brunos Mutter stehen und reden? Ihr sagen, wie sauer ich teilweise auf ihren Sohn bin? Vielleicht würde sie Partei für mich ergreifen. Vielleicht würden wir uns in den Arm nehmen und einander schwören, von jetzt an wären wir verbündete Frauen. Manchmal kommt man einfach nicht über die Mauer rüber.

»Ich bügle dir deinen Mantel«, sagt Brunos Mutter.

»Nein, das musst du nicht.«

»Ist es morgen denn wichtig, dort hinzufahren?«

»Ja, das ist es.«

»Dann musst du da doch mit einem glatten Mantel hin.«

Ich will in Stellung gehen.

»Es macht mir nichts aus, deinen Mantel zu bügeln.«

Ich nicke.

Am nächsten Tag fahre ich, bevor jemand im Haus wach ist, in aller Frühe nach Köln. Der Mantel hängt gewaschen, getrocknet und gebügelt am Haken.

*

Es sind angenehme 23 Grad, und ich jogge eine Seitenstraße hoch. Nach viereinhalb Jahren Beziehung setze ich zum Sprint an; die Seitenstraße ist eigentlich keine Seitenstraße mehr, sondern eine Allee mit drei Autospuren nebendran. Kalt ist es geworden, Wolken ziehen auf, gleich könnte es regnen. Ich laufe einfach immer weiter und weiter im Sprint, weil ich Angst habe zu stoppen, wenn ich auch nur ein bisschen langsamer werde.

Seit Brunos und meine Beziehung ein Ende gefunden hat, fühle ich mich wie in einem letzten Sprint auf unserer Strecke. Liebe ist was für Dauerläufer, das sagen die Leute doch immer, die Kraft muss man sich einteilen, man darf nicht zu viel und nicht zu wenig geben, damit einem nicht die Puste ausgeht. Man braucht Ausdauer.

So habe ich mir das mit Beziehungen immer gut vorstellen können. Mal funktioniert alles, wie es soll, und dann taucht eine Krise auf, ein Berg von Problemen liegt vor einem, aber ganz egal, wie steil es gerade ist, man hört nicht auf, nebeneinanderher zu laufen. Danach habe ich die letzten Jahre funktioniert.

Die Strecke, die ich gerade schnell runtersprinte, bei der mir mittlerweile alles wehtut, ist nicht mehr unsere Strecke. Bruno hat längst aufgehört, auf ihr zu laufen. Ich sollte das auch tun. Die Frage, die mich beschäftigt: Wie schlimm wird mein Muskelkater sein?

Meine Beziehung mit Bruno, so turbulent sie auch war mit dem Kind, das wir bekamen, hat mir in meinem Leben einen gewissen Halt gegeben. Ich wusste immer, wann Bruno abends den Schlüssel in die Wohnungstür steckt. Die Routine, zusammen zu essen, den Jungen fürs Bett fertig machen, den Jungen ins Bett bringen, danach Tagebuch schreiben, fragen, ob der andere vielleicht ein Glas Wein möchte, fragen, ob man zusammen die Serie weiterschauen möchte, schließlich einschlafen, das waren wir. Angestachelt durch meine Eltern, die in mir tanzen und ein Leben lang darin ihre Hüften schwingen werden, weswegen ich vielleicht niemals meine Sehnsucht nach beständiger Liebe loswerden kann. Vielleicht muss ich meine Eltern rausschmeißen. Ich bin wütend auf Bruno.

Die letzte Woche in Brunos Wohnung bricht an, und ich habe keine Lust auf sie. Während der Autofahrt zurück von Brunos Mutter haben wir kaum ein Wort miteinander gesprochen. Ich bringe den Sohn ins Bett. Als ich das Schlafzimmer nach einer halben Stunde wieder verlasse, steht Bruno schon im Flur. »Ich muss noch nicht los; wenn du willst, können wir einen Film zusammen sehen.«

»Nein, ich würde gerne kurz rausgehen. Macht es dir was aus, so lange hierzubleiben?«

»Geh ruhig.«

Ich laufe an Bruno und der Kommode vorbei, ohne ihn dabei zu streifen. In die Schuhe schlüpfe ich schnell rein, greife nach meiner Tasche, sage Tschüss, aber flüchtig, ohne mich dabei umzudrehen. Ich laufe hinten im Hof raus, im Augenwinkel blitzt die Stelle auf, an der ich stöhnend meinen Bauch hielt, während Bruno vorn am Tor nervös das Taxi heranwinkte. Die Wehen waren so mächtig, ich konnte nicht mehr aufrecht stehen. Eine weitere Geburt habe ich nicht mehr vor mir. Der Hausmeister läuft an mir vorbei, wir grüßen uns, er sagt: »Zum Glück keine Ratten mehr«, dann biege ich aus dem Tor nach rechts ab.

Es ist ein lauer Sommerabend, Leute sitzen draußen vor den Cafés, trinken und plaudern. Über ihren Köpfen steigt Zigarettenrauch in die Luft. Der Berliner Himmel dampft abendliche Wärme aus. Ich stecke meine Hände in die Hosentaschen, den Kopf halte ich unten. Im Prinzip könnte ich wie eine Frau aussehen, die weiß, wo sie jetzt hinläuft, aber ich habe keine Ahnung, wohin mit mir, ich bin eine Frau, die nach einem Platz sucht.

Auf der Lohmühlenbrücke drücke ich mir eine Zigarette an. Vorne an der Ecke zum Spielplatz steht im Laternenschein ein geparkter Wohnwagen. Die Wasseroberfläche des Kanals spiegelt die Straßenlichter, einzelne helle Punkte, hinter mir rasen die Autos vorbei. Ich brauche eine Theke. Irgendwo muss es einen Platz an einer Theke für mich heute Abend geben. Ein Stückchen weiter runter entdecke ich eine Eckkneipe. Mir fällt auf, dass die neue Wohnung eigentlich gar nicht so weit von hier entfernt liegt. Die Kneipe hat große Fenster, es stehen nur zwei Tische mit Stühlen draußen, an denen zwei dickbäuchige Männer sitzen und rauchen. Der eine lallt den anderen zu, ein Hund, ich glaube, es ist ein Terrier, sitzt brav unter dem Stuhl, er hat seinen Kopf auf dem Schuh seines Herrchens abgelegt. Es ist Sonntagabend. Drinnen ist das Licht gedimmt, ich betrete eine andere Zeit. Es hängen alte Plakate von Schlagersängern an den Wänden, eine Jukebox steht in der Ecke, nicht weit entfernt vom Tresen. *Schenk mir dein Herz* läuft, eine Frau tanzt euphorisch allein dazu. Nebendran sitzt an einem Tisch eine Gruppe von Leuten, die wahrscheinlich etwa 20 Jahre älter sind als ich. Ein Pferdeschwanz, eine Glatze, was Blondes mit Strähnen, noch was Blondes, aber mit Welle, eine Halbglatze, ein Hut. Sie grölen Unverständliches. Sie trinken dabei Bier und rauchen. Eigentlich gehe ich nie allein aus, und wenn, dann nur wenn ich etwas zum Lesen oder zum Schreiben dabeihabe. Der Drehhocker in der Mitte wird meiner. Der Mann hinterm Tresen fragt, was ich gern trinken möchte. Sekt. Ich brauche schnell einen Sekt. Besser zwei. Besser zwei Sekt und einen Schnaps. Ich bestelle einen Sekt, sage Sektchen zu ihm und lege mein Rauchgerät vor mir ab.

Seit sechs Stunden denke ich darüber nach, Berlin zu verlassen. Das Ruder einmal komplett rumzureißen, irgendwohin zu gehen, wo mich niemand kennt und niemand weiß, dass ich einen Sohn habe. Der Gedanke fühlt sich mächtig an.

Wo, wenn nicht Berlin? Vielleicht zurück nach London. Dorthin, wo ich mal die Tage so leichtfüßig und erfüllend verbrachte, wie sie mir passierten. In meiner Vorstellung verlasse ich den Jungen auch nicht so richtig, richtig. Ich würde alle paar Wochen mit ihm eine schöne Unternehmung machen, Zoo und Kino. Briefe würde er jede Woche von mir bekommen, mit getrockneten Blättern drin oder so was. Irgendwann könnte er zu mir kommen, dann würde ich ihm erklären, was mich geritten hatte, ihn um Verzeihung bitten und hoffen, dass er mir vergibt. *Sohn, ich wollte etwas anderes.*

Die Frau, die eben noch getanzt hat, verschwindet Arm in Arm mit der Halbglatze nach hinten.

Was ich wollte.

Ich wollte aus unserer Wohnung ein Zuhause machen, mit Schnittblumen und zu vielen Bilderrahmen. *Ich wollte* Kinder, die es eklig finden, wenn wir uns küssen. *Ich wollte* den Markt, auf den wir jeden Samstag Händchen haltend rübergehen. *Ich wollte* die Hochzeit, die trotz des Regens eine schöne war. *Ich wollte* mit Freunden die Wochenenden im Grünen verbringen. *Ich wollte* die tiefsten Falten und dass er mir sagt, ich sehe mit den Jahren immer schöner aus. *Ich wollte*, dass er mir den Stuhl zurückschiebt, wenn ich mich in einem Abendkleid an den Tisch setze, und *ich wollte* ihm die letzte Auster überlassen. *Ich wollte* streiten und danach von ihm hören »Baby, ich liebe dich«. *Ich wollte* zusammen bei einem Film Händchen halten. *Ich wollte* in die Oper Unter den Linden und auf eine Burg im Thüringer Wald. *Ich wollte* einen besten Freund, einen Beschützer, einen Mann, der mir morgens erzählt, wovon er nachts geträumt hat, *ich wollte* einen Mann wie meinen Vater. *Ich wollte* mich ins Auto setzen und ihn fragen, wohin er will. Und *ich wollte* mich trotz Navi dreimal verfahren. *Ich wollte* einen, der mir auch nach 20 Jahren noch über den flachen Busen streicht, als wäre mein Körper kostbar. *Ich wollte*, dass er mir abends vorliest. *Ich wollte* ihn in einem vollen Raum mit meinen Augen suchen und anfangen zu lächeln, weil er mich schon längst anschaut. *Ich wollte* das ganze Leben, die Höhen und die Tiefen, den Tag und die Nacht, *ich wollte* die große Liebe und im wenigen das Glück.

Mich ärgert mein Denken, weil es natürlich Wunschdenken ist. Und ich bin nicht einfach nur knapp daran vorbeigeschossen – ich bin nicht mal dicht dran gewesen. Mich ärgert, dass ich mir nicht einmal in Ruhe vorstellen kann, wie es wäre, den Jungen im Stich zu lassen, ohne dass sich Wunschdenken dazwischendrängt. Der Gedanke, den Jungen im Stich zu lassen, fühlt sich wie in einem Auto bei 200 Sachen an; vielleicht kann mein Hirn gar nicht anders, vielleicht hat mein Hirn so was wie eine eingebaute Heizung, die gute, also warme Gedanken zu den schlimmen Gedanken pustet, damit mir nicht klar werden kann, wie jämmerlich mein Leben eigentlich ist. Konzentrieren.

Wie wäre es, wenn ich nur mit einer Tasche in der Hand die Wohnung verlassen und nicht mehr zurückkehren würde, nachdem ich meinem schlafenden Sohn einen letzten Kuss auf die Stirn gedrückt hatte? All die Jahre, die ich mich bemühen wollte, nur um hinzuschmeißen, weil ich nicht all das bekommen habe, was ich wollte. Die Mutter, die ich bin, gibt es ab morgen nicht mehr. Der Junge würde an mehreren Tagen in der Woche von Einsamkeit, wenn ich nicht aufpasse von Bitterkeit ersetzt werden. Applaus, Applaus.

»Noch ein Sektchen bitte«, sage ich. »Und eine Berliner Luft, wenn du hast.« Jeder braucht ein wenig Wunschdenken, ein wenig Sehnsucht nach Romantik, allein in einer verrauchten Kneipe ganz besonders.

Ich nehme mein Rauchgerät und drücke mir eine Zigarette an. Auf der Theke stellt eine männliche Hand ein Glas Bier neben meinen Schnaps.

»Sie sind allein.«

»Das bin ich.«

»Wurden Sie verlassen, oder haben Sie verlassen?«

»Das geht Sie doch gar nichts an.«

»Sie sind in einer Kneipe, natürlich geht es mich was an.«

Er schaut mich ganz ernst an, als wäre er auf alles gefasst, was ich ihm erzähle.

»Habe verlassen.«

»Mutig.«

»Ich finde es eigentlich sehr schlimm.«

»Schlimmer wäre es gewesen zu bleiben.«

»Da ist ein Kind.«

»Dann wäre es das Allerschlimmste gewesen zu bleiben.«

»Das sagen Sie.«
»Man kann kein Leben in Lüge leben.«
»Wie geht Leben?«
»Es geht immer weiter.«

Ich trinke meinen Sekt aus und stürze den Schnaps gleich darauf runter. »Zahlen bitte«, sage ich. Der Mann auf dem Drehhocker nickt mir zu. Ich verlasse die Kneipe und atme einmal tief durch. Die Stadt, obwohl es schon nach Mitternacht ist, bewegt sich immer noch. Langsam laufe ich zurück zu Brunos Wohnung. Meine Hand streicht am Gemäuer der Häuser entlang, ein Taxi rast an mir vorbei, hupt laut wegen eines Radfahrers an der Ecke. Der Radfahrer kommt zum Stehen und schreit aus vollem Hals: »Idiot!« Es ist gar nicht so schlecht, was der Mann da gesagt hat. Eine Lüge kann man nicht leben. Bruno kann keine Lüge leben. Vielleicht müsste ich die Strecke jetzt wechseln. Nur, auf welcher sollte ich weiterlaufen?

*

Die Wohnung ist eingepackt. Zumindest ist alles, was mir gehört – bis auf die Bücher –, in Kisten und Plastiksäcken verstaut. All die Energie, die ich mal dafür aufgewendet habe, Brunos Wohnung wenigstens ein bisschen zu meiner Wohnung werden zu lassen. Das Kinderzimmer, das wir gemeinsam gestrichen und eingerichtet haben, ist jetzt eine Art Zwischenlager für alles, was mit rüber in die neue

Wohnung soll. Mit 35 Jahren verabschiede ich mich erneut von Wänden, die alles gehört und gesehen haben. Ich mag keine Umzüge, also den Akt an sich nicht, der eine Zumutung ist, weil es körperlich so anstrengend ist und weil ich in einem Artikel gelesen habe, dass manche Menschen eine Umzugsdepression bekommen und deswegen lieber ganz ruhig machen sollen, und der Artikel, wie es sich für jeden guten Artikel einer Psychoratgeber-Sparte gehört, zum Spazierengehen aufforderte.

Der Sohn ist bei meiner Mutter. Am Morgen heule ich einen Ozean. Um halb zehn kommen die Umzugsmänner, nehmen die Kisten und Plastiksäcke, verstauen einen auseinandergebauten Tisch und drei Stühle in ihrem Sprinter. Mein Gesicht ist knallerot, die Nase läuft. Sie sehen, dass nur ein Teil des Haushalts wegzieht. Sie sehen, dass sich hier ein Zuhause auflöst. Haie können einen Tropfen Blut in millionenfacher Verdünnung riechen. Meine Tränen kommen mir vor wie dieser Tropfen Blut in einem riesigen Becken. Eine Schwachstelle, die sofort wahrgenommen werden kann.

Ja, ich habe hier mal meine Bücher einsortiert. Und ich habe Pflanzen gekauft, sie jeden Tag gegossen oder wochenlang gar nicht; an dem Herd da habe ich meinem Sohn, als er noch ein Baby war, seinen Abendbrei gekocht. Bananen gequetscht und Cashewmus reingerührt. In dieser Ecke dort wurde er gezeugt, damals auf einer Matratze, die nur auf dem Boden lag. Das Bett, welches da jetzt steht, in dem ich ihn später gestillt habe, wurde mehrfach von mir rumgeschoben. Ich habe hier auch mal gegen Ratten gekämpft. Das Klo komplett mit Gaffa umzogen. Freunde sind oft zu Besuch gekommen, da drüben im Wohnzimmer, um genau zu sein, haben wir eine Faschingsparty mit Kindern veranstaltet.

Der Umzugshelfer fragt: »Soll der Stuhl hier noch mit?«, und ich sage: »Ja, dieser Stuhl bitte auch.« Der Umzugshelfer nimmt den Stuhl hoch wie ein Kind. Ich gehe ein paar Schritte hinter ihm her, und mein Gesicht übt schon mal für Bruno, dem es gleich ein Lächeln schenken wird.

Alles, was ich besitze, wandert nun rüber in eine 5000 Kilometer entfernte Wohnung. Aber es ist doch nur Zeug, oder nicht? Oder nicht? Wir sind kein Paar mehr, aber trotzdem noch eine Familie. Das haben wir uns geschworen. Für den Jungen. Den lieben wir doch beide so dolle.

Ich glaube, ich neige zu Umzugsdepressionen.

Die Umzugsmänner tragen gegen zehn eine Tischlampe und einen Hocker aus der Wohnung. Alles fertig. Die Tasche wartet schon im Flur. Bruno sieht mich reglos an. Das war's.

»Ich werde nicht dramatisch, okay?«, sage ich.

»Das könntest du ruhig.«

»Nee.«

»Ich weiß, dass du mich hasst.« Bruno schiebt mit dem Finger seine Brille hoch. Er dreht sich weg, aber schaut mich weiterhin aus dem Augenwinkel heraus an.

»Wie kannst du das nur denken? Ich werde dich niemals hassen.«

»Wirklich?«

»Na, manches werde ich dir ganz sicher nicht verzeihen. Zum Beispiel, dass du die Hebamme nach zehn Minuten im Kreißsaal gefragt hast, was sie glaubt, wie lange ich brauchen könnte.«

»Das habe ich nur gefragt, um die Lage einschätzen zu können.«

»Zehn Minuten waren wir gerade mal da.«

»Ich brauchte einen Zeitplan.«

»Nach drei Stunden hast du angefangen, am Lachgas zu ziehen. Mehr als ich.«

»Das war witzig.«

»Du hast es echt lange versucht.«

»Ja.«

»Dass du dich all meinem Frust und meinen Vorwürfen gestellt hast, dafür werde ich dir immer dankbar sein.«

»Das zu sagen, ist dramatisch, aber ich mag es.«

»Du bist ein Vollidiot.«

»Verrückt.«

»Was?«

»Bis morgen.«

»Verrückt, ja. Bis morgen.«

Wir umarmen uns. Ich laufe neun Schritte. Dann schließe ich die Tür.

II

Der ehemalige Grenzverlauf ist von meinem Balkon aus gut sichtbar. Der Mauerweg, mit einer Doppelreihe Kopfsteinpflaster, ist eine beliebte Tour, weshalb jede Menge Radfahrer täglich an meiner Wohnung vorbeifahren. Die Wohnhäuser der Ostseite bildeten vor dem Mauerbau noch die Grenze, der Gehweg war bereits Westen, sodass die Flucht eigentlich nur ein Sprung war. Da nicht wenige diesen Sprung gewagt haben, mauerte man die unteren Etagen schließlich zu, weshalb sich Leute aus höheren Etagen, manchmal sogar von den Dächern aus in die Tiefe stürzten.

Olga Segler war eine von ihnen. Eine Geschichte, die ich mal im Unterricht gehört hatte. Olga Segler war in der Bernauer Straße so dermaßen von den Sperrmaßnahmen betroffen, dass ihre Tochter, die auf der anderen Seite lebte, sie zur Flucht ermutigte. Ein paar Wochen harrte Olga Segler in ihrer Wohnung noch aus, bis eine große Räumungsaktion Tausende von Menschen aus ihren Wohnungen zerrte. Olga Segler machte sich also zum Sprung bereit. Das muss man sich erst mal vorstellen. Unten stehen die Leute mit den Sprungtüchern, daneben eine Tochter, die ruft: »Du kannst es schaffen«, und oben ziehen sie an dir, weil du nicht springen sollst. Olga Segler war 80 Jahre alt, als sie aus ihrem Fenster im zweiten Stock sprang. Sie verletzte sich beim Aufprall am Rücken und starb.

Zwei Frauen versuchten im September 1961 ebenfalls einen solchen Sprung, weil sie gehört hatten, dass es nur ein paar Stunden zuvor zwei Männern geglückt war. Die West-Feuerwehr war auf solche Jetzt-oder-nie-Momente vorbereitet, rückte sofort mit Sprungtüchern und Tränengas an, um den Fluchtversuch der Frauen womöglich noch zu verhindern. Aufgeblasene Luftpolster unter den Sprungtüchern sollten das Gewicht der Körper besser auffangen.

In meiner Straße wurde das Sprungpolster erfunden.

*

Ich mag meine neue Wohnung. Sie ist klein. Anderthalb Zimmer. Die anderthalb Zimmer sind aber nur ein Übergang, denke ich. Es ist die letzte Übergangswohnung, bevor ich in die Wohnung ziehen würde, in der ich dann den Rest meines Lebens verbringen wollte. Motivation in verzapften Zeiten ist wichtig. Schweren Herzens habe ich meine Bücher in Brunos Wohnung zurückgelassen. Noch nie habe ich nach einem Umzug nicht meine Bücher am ersten Abend wieder in die Regale eingeordnet. Die Bücher sind ein Teil meiner Persönlichkeit, sie verraten wahrscheinlich mehr über meinen Charakter als meine Texte. In den Keller habe ich damals Bücher gebracht, die oben keinen Platz mehr hatten. Und Bücher, die Bruno und ich doppelt besitzen. Ansonsten noch Dinge, die man eigentlich nicht braucht, aber bei denen es gut ist, wenn es sie noch irgendwo gibt. Die alten Tagebücher, die ich aus Brunos Keller holte, staple ich am ersten Abend neben meinem neuen Bett. Das kleine linierte Notizbuch mit chinesischer Malerei vorne drauf. Die Ecken sind blau, innen die Seiten sind rosarot. Die ersten Sätze: *Heute kam ein Brief aus der Schule. Meine Versetzung ist wohl stark gefährdet.*

Manchmal genieße ich den neuen Weg in die Kita, den neuen Supermarkt mit einer Tchibo-Ecke neben der Frischetheke. Ich plaudere mit den neuen Nachbarn im neuen Hinterhof. Die neue Bücherei für den Jungen hat eine große Leseinsel mit Kissen. Das Erkunden meines neuen Viertels setzt in mir Kräfte frei, als hätte ich gerade eine neue Liebe gefunden. Als könnte ich die Frau, die ich vorher war, einfach von mir abstreifen.

Wer ich jetzt sein will, weiß ich noch nicht genau. Kann ich eine Frau sein, die morgens joggen geht? Eine alleinerziehende Mutter mit Affären, wenn der Junge bei seinem Vater ist? Kann ich die Frau, die ich bin, so deutlich in der Mitte durchreißen? Muss ich nicht jetzt wieder alles von Neuem lernen? Neu atmen, neu gehen und neu schlafen. Neu Küssen lernen. Der erste Versuch gleich eine Bruchlandung.

Da stand ich in einem dunklen Raum nicht weit von der Jannowitzbrücke mit einer Discokugel über mir. Die Musik dröhnte, ein Mann kam in der Menge tanzend auf mich zu. Es sah aus, als hätte er Drogen genommen, was sich gut traf, denn ich sah aus wie eine Frau, die einen Mann im Rausch wollte. Ich war geschminkt und hatte etwas Nettes an. Ich sah ganz bestimmt nach Nur-eine-Nacht aus. Der Mann kam immer näher.

Ich sagte: »Ich bin geimpft.«

»Was?«

»Ach. Vergiss es.«

Wir fingen an zu tanzen, er legte seine Hand um meine Hüfte, was mir erst gut gefiel und mir dann zu aufdringlich wurde. Er küsste mich.

Die Bewegung im Raum, die laute Musik belasteten mich, ich fiel aus meiner Rolle als Frau, die nach Sex suchte. Ich sagte: »Ich würde echt gerne zu Hause YouTube schauen.«

»Was?«

Ich rief: »YouTube! Ich will YouTube schauen.«

Ich bekam Angst, er könnte denken, ich meinte einen Porno.

Mein Kopf drehte sich wild von links nach rechts, dann wedelte ich noch mit den Armen dazu. »Kein Porno. Eine Doku! Über die Royals!« Der Typ drehte sich um und tanzte, ohne dass ich es ihm verdenken konnte, woandershin. Dann sah ich meine Freundin Linda, wie sie kopfschüttelnd in meine Richtung blickte.

Zu dieser Zeit hörte ich wieder unglaublich viel Musik aus den Nullerjahren. Was ist eigentlich aus den Sängerinnen von Atomic Kitten geworden? Ich las Marion Braschs Familienroman *Ab jetzt ist Ruhe*, was mir half zu verstehen, dass vermutlich jede Familie ein Ding an der Glocke hat. Thomas Braschs Lyrik, die ich immer mehr für mich entdeckte, beeindruckte mich. Eigentlich wollte ich nur ein Bändchen haben, aber die Buchhändlerin bestellte dann versehentlich eine Gesamtausgabe, die ich, als sie sie mir über die Theke reichte, kaufte, weil ich mich nicht traute, ihr zu sagen, dass ich eigentlich nur ein Bändchen wollte. Ich bin im Besitz von 791 Seiten Gedichten und 302 Seiten Anmerkungen.

Auf *arte* hatte ich einen Film über Thomas Brasch gesehen. *Das Wünschen und das Fürchten*. Eine Szene habe ich mir etliche Male angeschaut: Thomas Brasch betritt eine Wohnung. Es ist eine große Wohnung mit großen Fenstern am Schiffbauerdamm 5, direkt neben dem Berliner Ensemble. Einziehen möchte er in diese große Wohnung, die Vermieterin ist bereits für die Übergabe dort. Brasch hat seinen Freund Christoph Rüther dabei. Seit Wochen filmt und interviewt er Brasch. Brasch ist zu diesem Zeitpunkt, Mitte der 90er-Jahre, mit seinem Leben fast fertig. Das wissen natürlich weder Brasch selbst noch sein Freund. Die Vermieterin auch nicht. Der Schriftsteller ist ihr suspekt, schließlich hüpft der aus dem niedrig gelegenen Fenster in eine Art Hinterhof und behauptet, dies sei der schönste Teil der Wohnung. Unter freiem Himmel. Und doch, obwohl niemand weiß, dass Thomas Braschs

Herz nur ein paar Jahre später, am 3. November 2001, versagen wird, hat dieser Film etwas Abschließendes. Trägt das unmittelbar Bevorstehende mit sich herum. Der Mann ist abgekämpft. Vom Koks und von der Ungehorsamkeit. Einer, der die DDR für die BRD verließ, aber dort nie ankam. Brasch erzählt von seinem Leben, seinem Denken, seinem Schreiben. Immer wieder gibt es Sequenzen, in denen Brasch allein in seiner Wohnung am Schiffbauerdamm mit der Handkamera herumläuft, die Fenster weit geöffnet, es läuft Musik, man kann die Spree sehen. Brasch sagt: Es ist die Wunde, die ihn interessiert, der Riss, der durch den Menschen geht. Dreimal habe ich diesen Film schon gesehen.

Meine Lieblingsstelle: Die Vermieterin verlässt nach Vertragsunterzeichnung die leere Wohnung. Sie gehört jetzt Thomas Brasch. Was macht er? Er geht erst mal duschen.

Ich treffe mich am nächsten Morgen mit Bruno draußen, um den Jungen abzuholen. In seinem Kiez fühlt Bruno sich wohl. Der Kiez, der von meiner neuen Wohnung aus jetzt auf der anderen Seite des Kanals liegt. Es gibt hier keine Theke, an der Bruno noch nicht gesessen hat.

Zu dritt laufen wir ein Stück am Maybachufer entlang. Rechts der Kanal und links flanieren die Leute. Selbst im Vorbeigehen betrachtet Bruno alle sehr genau, der Junge ist ein bisschen vorgerannt. Bruno war immer schon ein Mann, der die Begegnung sucht. Und einer, dem auffällt, wenn ich Lippenstift trage. »Es ist hübsch, was du da anhast«, sagt er fast beiläufig, während seine Augen genauestens hinsehen. »Danke«, entgegne ich und streiche mir nervös durch die Haare. Bruno senkt jetzt den Kopf beim Laufen und beißt sich auf die Unterlippe. Im nächsten Moment rückt er sich mit dem Finger die Brille zurecht, darauf folgt ein schelmischer Blick rüber zu mir, ein kleines Lächeln. Es ist der typische Bruno-Charme, dem ich immer noch sofort erliege.

Nicht weit vom Kottbusser Tor liegt unser altes Büro. Wir laufen zu der Brücke dort, und Bruno erzählt von seiner Arbeit. Den Texten, die er in nächster Zeit schreiben würde. Ich erzähle, mein Buch sei nun schon im Druck, und es sei nicht mehr lange hin bis zum Erscheinen. Es fühlt sich recht normal zwischen uns an. Wir biegen auf die Brücke. Oft sammeln sich genau an dieser Stelle am Kanal viele Schwäne. Ein Mann steht mit seinem Sohn an der Reling, der Sohn zeigt auf die Schwäne. Ich blicke zu ihnen herüber.

»Und? Willst du den Mann schubsen?«

»Also, Bruno! Natürlich nicht.«

Wir müssen lachen. Unser Kind schaut ebenfalls auf das Wasser, dreht sich abwechselnd zu mir und zu Bruno.

Bruno sagt: »Er fehlt mir.«

»Mir fehlt er auch.«

»Vielleicht können wir die gemeinsamen Abendessen zu dritt weitermachen.«

»Das wäre doch sehr nett.«

Bruno nickt.

Die Verabschiedung ist eine Umarmung, die länger als gewöhnlich ist, ich weiß nicht, wer von uns beiden nun nicht loslässt. *Ankerklause* prangt auf einem Schild kurz hinter der Brücke zum Kotti. Bruno blickt auf die Uhr, und ich sehe jetzt erst, dass er ein neues Hemd trägt.

Ich stehe noch eine Weile mit dem Jungen auf der Brücke und beobachte die Schwäne. Dann laufen wir runter bis zum Kottbusser Tor, wo sich die Spätis und Dönerbuden um das riesige Blockgebäude reihen, wo die Satelliten-Schüsseln sich von Balkonen strecken wie Blumen, die sich zur Sonne drehen.

Wir gehen in ein italienisches Restaurant. Großen Hunger habe ich nicht, aber ich bestelle zu den Nudeln eine Vorspeise. So wird es jetzt immer sein. Der Kellner bringt die Vorspeise zusammen mit den Nudeln, ein Versehen, für das er sich entschuldigt. Ich winke ab, der Junge hat schon längst den Mund voll mit Nudeln.

Im Restaurant läuft auf einmal laut *Felicità*, ein Lied, das ich schon seit Jahren nicht mehr gehört habe. Ich genieße den Anblick des Jungen, der nicht aufhören kann, sich die Nudeln in den Mund zu stopfen. Es gibt keinen besseren Anblick als ein Kind, das ordentlich reinhaut. Ich könnte auf der Stelle losheulen. Das Lied erreicht seinen Höhepunkt, der Stimmwechsel zwischen Al Bano und Romina Power wird immer kürzer, immer leidenschaftlicher. Mich überfällt das Lied regelrecht, ich fühle Schmerz und Zuversicht in exakt demselben Moment.

»Wir gehen jetzt gleich nach Hause. Okay, Mausi?«

Der Junge möchte noch ein Eis, und ich sage, so viele Kugeln, wie er will. Ich denke an Bruno und unseren ersten Kuss. Damals. Zwei Menschen, die einander noch nicht enttäuscht haben.

*

Abends liege ich mit dem Sohn im Bett. Manchmal lasse ich einen Fuß aus dem Bett hängen. Es fühlt sich dann so an, als wäre mein Fuß, anders als der Rest meines Körpers, schwerelos. Ich habe keine Erklärung dafür, warum ich das als angenehm empfinde. Lange kann ich in diesem Zustand nicht verweilen, weil mein Fuß irgendwann kalt wird. Ich ziehe das Bein dann zurück ins Bett. Das ist auch angenehm. Wenn sich die Wärme wieder gleichmäßig in meinem Körper verteilt. Es ist schon höchst eigenartig, dazuliegen und darauf zu warten, dass jemand einschläft, der man nicht selbst ist.

Mein Handy vibriert.

Bruno, 19:23 Uhr.

Er ist so ein guter Junge. Ich werde dir ewig dafür dankbar sein, dass du ihn mir geschenkt hast.

*

Es gibt einen Anruf, den ich niemals vergessen werde. Er kam drei Monate, nachdem ich Mutter geworden war. Ich war eifrig damit beschäftigt, in meine Rolle hineinzuwachsen, traf mich mit anderen Müttern, kaufte viel zu teure Windeln und war vor allem mit mir und dem Baby beschäftigt.

Am Tag, als der Junge geboren wurde, kam die Familie ins Krankenhaus. Ein großer Blumenstrauß in der Hand meiner Mutter, Ballons in der meines Vaters. Mein Vater hatte sich nicht besonders in die Schwangerschaft eingebracht, anders als meine Mutter, die ständig Dinge gekauft hatte und mit jeder neuen Fuhre das Kinderzimmer zu einem bunten Kaufhausspielplatz hatte werden lassen. Sie schlug mir Namen vor, wenn sie gerade im Fernsehen einen gehört hatte, der ihr gefiel, und sie kam mit zu einer Ultraschalluntersuchung. »Kannst du glauben, dass das da in mir wächst?« Wir staunten über die schnellen Bewegungen in meinem Bauch; es war ein wundervoller Blickwechsel zwischen mir und meiner Mutter. Ich genoss ihre Vorfreude auf ihren Enkel, den sie mit einem Erstaunen bedachte, als wäre es ihr erstes und nicht ihr drittes Enkelkind. Eine herrliche Eigenschaft meiner Mutter, sich über Dinge mit dem ganzen Herzen zu freuen und es alle im Raum wissen zu lassen. Mein Bruder und seine Frau waren ebenfalls gespannt, man könnte also sagen, die Familie geriet in Schwung.

Angesteckt davon saugte ich alles in mir auf, was das Bekommen eines Babys betraf. Ich lag auf der Couch und studierte etliche Ratgeber zum Thema Stillen, zum Thema Wachsen, zum Thema Pubertät und kannte mich plötzlich mit Diabetes und Hormonen aus. Ich erstellte eine Liste mit Dingen, die für die Erstausstattung gekauft werden sollten. So richtig fleißig mit Preistabelle und kleinen Notizen, ob wir Dinge gebraucht oder neu anschaffen sollten. Die Liste gab ich für meinen Bruder frei, der eintragen sollte, was er noch von seinen Kindern an Zeug übrig hatte. Es war vor allem Zeit, die ich investiert hatte, damit sie schneller verging. Ich meldete Bruno und mich bei einem Geburtsvorbereitungskurs an. Der über sechs Wochen verteilt, nicht der im Schnelldurchlauf an einem Wochenende. Drei Wochen mit den Vätern und drei Wochen ohne. Ich hörte dort etwas von einer Saugglockengeburt, bei der ich mir nur schwer vorstellen konnte, wie sich das anfühlen sollte. Eine kleine Halbkugel aus Silikon würde mir dabei in die Vulva eingeführt und an den Kopf meines ungeborenen Kindes gelegt werden. Die Hebamme hatte mithilfe eines Beamers ein Foto von einer Saugglocke an die Wand projiziert, die mich unweigerlich an einen Abflussreiniger erinnerte. Kind andocken und dann ziehen. Es klang nicht sonderlich kompliziert, aber irgendwie brutal. Ich stellte mir vor, wie ich mit letzter Kraft nach vielleicht einem 18-stündigen Wehen-Marathon und diesem Saugdings in meiner Vulva zu pressen anfing und mir in exakt diesem Moment die Hebamme auf den Bauch sprang. Zumindest sagte die Hebamme, es könnte passieren. Die Geburt war schließlich ein Kaiserschnitt.

Drei Monate war der Junge jedenfalls alt, da rief mich morgens meine Mutter an, um mir zu sagen, dass nun alles zerbrechen würde. Dabei war ich gar nicht darauf vorbereitet, dass nun alles zerbrechen würde, es fing ja eigentlich gerade erst alles an. Der Junge lag vor mir im

Schlafzimmer auf seinem Lammfell, ich machte Grimassen und streichelte ahnungslos seinen Bauch. Die Worte meiner Mutter sind so glasklar in meiner Erinnerung, weil es Worte waren, die ich niemals aus dem Mund meiner Mutter erwartet hätte: »Dein Vater hat mich verlassen.«

Genau da zerbrach es. Und man weiß ja nie, was einem alles noch bevorsteht, wenn so ein Telefon plötzlich klingelt oder ein Brief verschickt wird. Alles ändert sich in nur wenigen Sekunden, man kann die Dinge, die einem passieren, nicht aufhalten. Noch viel weniger weiß man, in welche Richtung sich das, was passiert, wenden wird, ob in eine gute oder in eine schlechte, ob man dadurch schlauer oder dümmer, stärker oder schwächer wird.

Im ersten Moment dachte ich, meine Mutter macht einen Scherz, so gefasst, so neutral war ihre Stimme. Ich glaubte ihr kein Wort.

»Was redest du da?«, fragte ich.

Meine Mutter wiederholte ihre Worte. Und sie sagte: »Dicke, ick meine es ernst. Er is weg.«

Er, der doch für die Familie 30 Jahre lang alles gut und richtig gemacht hatte, der meiner Mutter Dinge aus Holz gebaut, ihr schöne Blumen gekauft hatte, sie zum Lachen brachte und ihre Lieblingssendungen aufnahm, wenn sie Spätschicht hatte. All das Glück meiner Kindheit, der Geruch von frischer Farbe in der gesamten Wohnung, weil mein Vater einen unserer Urlaubsorte auf die Wand gemalt hatte und meine Mutter sich so sehr über den täglichen Anblick der Salzburger Landschaft freute. Das Pech meiner Kindheit. Die Zeit der Arbeitslosigkeit meines Vaters. Als er wochenlang auf Montage gewesen war, irgendwo in Deutschland, auf irgendeiner Baustelle. Die Tränen meiner Mutter, wie sie Tropfen für Tropfen in den Samt der Wohnzimmercouch fielen, weil sie meinen Vater hinterher nicht bezahlt hatten. Dieselbe Couch, auf der sie im Jahr darauf saß, während mein Vater sich am helllichten Tag eine Zigarre anzündete und mit einem Arbeitsvertrag wedelte, der alles Schwere von ihren Schultern wehte. Alles hatte ich von der Wohnzimmertür aus über die Jahre hinweg beobachtet. Meine Eltern, sie und er, beide zusammen, waren unschlagbar.

Die Stimme meiner Mutter wurde brüchiger.

»Aber wo ist er denn hin?«, fragte ich.

Meine Mutter atmete schwer.

Noch nie hatte ich meine Mutter schlecht über meinen Vater sprechen hören. Jedes Geheimnis, das ich ihr mal anvertraut hatte, wanderte schnurstracks zu ihm. Ein Misstrauen meiner Mutter gegenüber war gewachsen, ein wildes Tier mit Fell und sabbernder Schnauze stand zwischen uns und fing an zu kläffen, wann immer ich das Bedürfnis hatte, ihr etwas zu erzählen. So war es mein Vater, dem ich die meisten meiner Gedanken anvertraute.

Ich ließ mich aufs Bett fallen, schaute regungslos dem Jungen dabei zu, wie er sich gerade zum ersten Mal von allein auf den Bauch drehte; all die Liebe, die ich für ihn empfand, in genau diesem Moment, während meine Mutter weinte und schniefte. Es war schlicht unmöglich, was meine Mutter da gerade gesagt hatte. In meinem Kopf donnerte der Satz weiter. *Dein Vater hat mich verlassen.*

Ich hörte die Stimme meiner Mutter, all die Verzweiflung und Scham darüber, dass sie es, aus welchen Gründen auch immer, nicht geschafft hatte, den Mann bei sich zu behalten, dem sie selbst jahrzehntelang zur Seite gestanden hatte. Ich weiß nicht, warum, was den Zweifel sofort in mir aufkommen ließ, aber ich war mir sicher, mein Vater hatte einen guten Grund. Er war keins dieser gewissenlosen Arschlöcher, das die Familie einfach so verließ. Meine Mutter musste etwas getan haben, irgendwie eine Verantwortung dafür tragen, dass er gegangen war. Ich schlug mich auf die Seite meines Vaters, noch bevor ich ihn angehört hatte.

Wir legten auf. Ich nahm den Jungen auf meinen Arm, brachte ihn in seine Babywippe, die ich vor die Balkontür stellte. Ich setzte mich neben Bruno. Ich sagte: »Wenn du Schluss machen möchtest, wird es ab jetzt okay für mich sein.«

Die Tage nach dem Anruf meiner Mutter waren höchst eigenartig. Ich brach in Tränen aus, als ich aus dem Briefkasten den neuen Ikea-Katalog mit einer Familie vorne drauf zog. Es wollte einfach nicht in meinen Kopf sickern, dass meine Eltern fortan kein Paar mehr waren. Jeder Versuch, meinen Vater zu erreichen, versiegte ins Nichts. Noch nie hatte ich meinen Vater nicht erreicht, und allmählich bekam ich die Gewissheit, dass er nicht nur meine Mutter verlassen hatte, sondern auch mich. Immer wenn ich an diese Woche zurückdenke, ist es, als würde sich plötzlich eine Wolke vor die Sonne schieben und Schatten auf mich fallen.

Ich öffne die Balkontür und lasse frische Luft in die Wohnung. All die Hunderten Gedanken, die ich mir seit zwei Jahren über meinen Vater mache, die wenigen Antworten, die ich auf meine Fragen bekomme. Immer das Gefühl, alles im Leben hat zwei Seiten, es gibt unterschiedliche Perspektiven in jeder Situation, er muss einen guten Grund gehabt haben. Ich denke an das Gedicht von Erich Kästner. Die *Sachliche Romanze.* »Als sie einander acht Jahre kannten (und man darf sagen, sie kannten sich gut), kam ihre Liebe plötzlich abhanden, wie andern Leuten ein Stock oder Hut.« Am liebsten würde man den beiden lautstark zurufen: Jetzt redet halt miteinander! So ging es mir mit meinen Eltern. Es wird ja vermutet, dass das Gedicht eine Verarbeitung von Kästners Beziehung zu Ilse Julius ist. Eine selbstbewusste Chemiestudentin, mit der Kästner acht Jahre lang in Dresden zusammen war. Sie trennten sich 1926 nach einer sechsstündigen Aussprache, die »schnell vom Zaun gebrochen werden musste«, wie er später Mutter Kästner in einem Brief berichtete. Weinend soll Ilse Julius in den Zug gestiegen sein und zum Abschied gewinkt haben. Betrogen hat Erich die Ilse, aber Genaueres weiß man nicht. Ich wusste auch nichts Genaueres. Meine Mutter war nicht schuld. Das denke ich heute. Vielleicht passierte meinen Eltern, was den meisten Menschen passiert: Ihre Liebe kam ihnen plötzlich abhanden.

*

Am nächsten Morgen stehe ich erst spät auf. Die Freude über den Umzug in die Wohnung, der Schmerz über die Trennung von Bruno, beides hat meinen Kopf zu einem Geschwür aus Verwirrung anschwellen lassen. Es ist verrückt, dass diese Ereignisse mich zu einem inneren Rückzug zwingen. Anstatt nach draußen zu gehen, die Sorgen abzulegen, gammle ich allein vor mich hin. Zum Schreiben fehlt mir die Motivation, auf Spazieren habe ich keine Lust. Ich warte einfach nur darauf, dass alles besser werden wird. Das Warten auf ein richtiges Leben führt zu einer Endlosschleife von Enttäuschungen. Stillstand ist jetzt meine Feindin. Worauf warte ich? Dass ein Mann plötzlich zu meinem Fenster hereingeflogen kommt? Dass mein Vater wieder zurück nach Berlin zieht? Die Spülmaschine sich von selbst ausräumt? Ich verpulvere so viel Zeit mit Nichtstun, dass es keine Überraschung ist, dass absolut nichts passiert. Das Traurige an der Sache mit meinem Leben ist ja, dass ich alles auf Momente der zufälligen Begegnung setze und dabei vergesse, dass ich dafür die Wohnung verlassen muss. Ich muss mich aufraffen, meine gescheiterte Beziehung vergessen und einfach die Wohnung verlassen. Wozu auf den Zufall hoffen?

Eine grausame Stunde lang dauert es, bis ich mich aufraffen kann, meinen Gedanken Folge zu leisten. Meine Mutter schreibt, ich solle mich mal wieder melden. Und ob alles okay mit der neuen Wohnung sei. Der Sohn ist bei Bruno, ich starre an die Decke. Ich starre so reglos an die Decke, man könnte meinen, dort liefe ein langweiliger Spielfilm. Aber da läuft kein langweiliger Spielfilm, da sind nur schwarze Risse. Linda ruft an.

»Hey, Babe, kommst du heute zu mir in die Gegend?«

»Sind wir verabredet?«

»Nein. Aber kommst du her?«

»Ich kann nicht. Ich muss rumliegen.«

»Ey! Du weißt doch. Die Welt hat nichts übrig für diejenigen, die im Bett liegen. Also, aufrappeln!«

»Überzeugende Worte.«

»Schaffst du es zu mir?«

»Ja, ich komme.«

Eine Stunde später sitze ich frisch geduscht im Auto, auf dem Weg nach Prenzlauer Berg. Wie immer, wenn ich im Prenzlauer Berg bin, habe ich sofort das Gefühl, ich bin in einer anderen Welt. Die Leute sind anders, die Geschäfte sind anders. Selbst das Wetter ist hier anders, denke ich manchmal.

Linda und ich treffen uns am Kollwitzplatz. Wir wollen auf den Markt, um Crêpes zu essen. Der Crêpes-Stand ist nur ein paar Minuten von meinem alten Laden auf der Danziger Straße entfernt. Dort habe ich jahrelang als Buchhändlerin meine Kartenständer rausgerollt, etwa zur selben Uhrzeit, als der Markt geöffnet hat. Die Stände gehen rechts und links ab. Familien laufen dazwischen hindurch, ich sehe ältere Paare, die sich an den Händen halten, Touristen gibt es nur wenige.

Ich trotte an den Ständen vorbei, entdecke einen Tisch mit Muscheln, drücke mir eine Zigarette an, sehe auf meinem Handy nach, ob ich eine Mail von meiner Lektorin oder einem Mann bekommen habe, dann mache ich ein Foto.

Ganz am Ende des Markts rufe ich Linda an, weil ich sie nicht an unserem verabredeten Treffpunkt sehe. Linda navigiert mich auf den Gehweg, bis ich sie schließlich, gekleidet in ein blumiges Kleid, entdecke. Wie eine Schauspielerin steht meine Freundin da, anmutig und schön sieht sie aus, der Rücken gerade, die Augen funkelnd.

»Ach, hier bist du«, rufe ich. »Hallo, meine Liebe, da bin ich.«

Sofort stellen wir uns vor den Crêpes-Stand. Apfelmus mit Zimt und Zucker, die Zutaten meiner Wahl. Der Mann öffnet den Deckel einer Holzkiste, tunkt eine silberne Kelle in den Teig, wartet kurz, dann kippt er den Teig auf die schwarze, runde Herdplatte. Er nimmt einen Teigverteiler aus Holz in die Hand und streicht den Teig zu einem Vollmond. Linda bekommt einen Anruf und läuft ein paar Schritte weg. So genau wie heute habe ich noch nie beim Crêpes-Machen hingeschaut. Der Mann sagt, er habe die letzten Tage nicht gut geschlafen; ich nicke verständnisvoll und sage, die Hitze sei auch für mich kaum auszuhalten gewesen, woraufhin der Mann nickt und sagt, kein Ventilator könne einem bei so einer scheiß Hitze helfen. Er dreht die Crêpe um, faltet sie sorgfältig zu einem Halbkreis, schmiert Apfelmus und Zimt drauf, noch mal umschlagen. Fertig.

Der Eimer mit dem Crêpes-Teig steht in einem Holzkasten. Ich frage, ob der eigens dafür angefertigt wurde. Ja, sagt der Mann und erklärt, der Teig könne darin besser kühl gelagert werden. Er öffnet den Deckel und zeigt mir die Öffnung für den Stiel der Kelle, er zeigt auf einen metallenen Trichter für die Teigspur. Ich bin beeindruckt. Wer mit den Händen schuftet, lässt sich was einfallen, wie es sich leichter schuften lässt.

Die nächsten Kunden stehen schon Schlange. Eine Frau sagt, ihr sei aufgefallen, dass er die letzten Wochen gar nicht da gewesen sei. Der Mann sagt, alle vier Jahre mache er für ein paar Wochen Urlaub in der Heimat. Linda läuft beim Telefonieren hin und her, als würde sie gar nicht mehr mitkriegen, dass sich Menschen an ihr vorbeischlängeln. Sie sieht nervös aus. Lindas Anblick macht, dass ich an meinen Vater denken muss, an das letzte Telefonat, das wir führten, bevor er Berlin verließ.

Mein Vater ist ein sensibler Mann. Er kaschiert es gern mit Witzen, die er reißt. Manche von ihnen sind unangemessen, wie etwa der Witz, den er jedem Jungen erzählte, wenn ich mal einen mit nach Hause brachte, und sei es auch nur zur Vorbereitung eines Referats gewesen. Er ließ sie immer wissen, er hätte eine Knarre. Verziert war sein Gesicht dabei mit der herrlichsten Grimmigkeit. Jedes Mal sahen die Jungs mit Angst und Schrecken in den Augen zu mir rüber. »Papa!«, fauchte ich meinen Vater an. »Der heult bei jedem Film, wenn's mal kurz traurig wird«, erklärte ich auf dem Weg in mein Zimmer. »Der labert nur Stuss, keine Angst.« Es half auch nicht, wenn er noch mal kurz seinen Kopf durch die Tür streckte und mit seinen zwei Fingern so mafiamäßig ein Ich-beobachte-dich in Richtung des Jungen zeigte. Manchmal musste ich dann doch über meinen bescheuerten Vater lachen.

Oft saßen wir abends zusammen in der Küche, und ich erzählte ihm alles, was mich am Tag beschäftigt hatte. Udo Jürgens war einmal im Fernsehen. Er saß in einer Musiksendung zusammen mit seiner Tochter an einem Klavier, legte seinen Arm um sie, und dann sangen sie zusammen. *Liebe ohne Leiden.* Mein Vater zeigte auf mich. So schrieb ich selbstverständlich in mein Tagebuch, er sei der beste Mann der Welt. Es sind jene Erinnerungen an meinen Vater, die mein Bild von ihm so dermaßen geprägt haben, dass ich nicht anders kann, als ihn zu bewundern, feierlich und ungebrochen. Ich weiß, er hat auch eine rechthaberische Seite. Eine, die sich nicht für Fehler entschuldigen kann. Da war etwas Launisches, vor dem ich mich manchmal gefürchtet habe. Unterm Strich. Als Kind war ich mir sicher, nichts in der Welt könnte mir passieren, solange mein Vater bei mir war. Dieser Schutz trug mich, auch wenn wir nicht jeden Abend zusammensaßen, wenn ich die Welt erkundete und auf blöde Ideen beim Erwachsenwerden kam. Wohin trägt es ein Kind, das von seinen Eltern in erster Linie geliebt und nicht erzogen wird? Ich begriff es erst viel später: Es trägt einen weit.

*

17. März 2001. Timo Marquardt wohnte nur zwei Busstationen von mir entfernt. Seit der einen Party am Teehaus im Tiergarten hatten wir angefangen, uns in der Schule zu grüßen. Irgendwann verabredeten wir uns für den Abend. Seine Eltern waren in den Urlaub gefahren. Ich sollte für einen Film vorbeikommen. Meinen Eltern hatte ich gesagt, ich würde bei Stella schlafen, was nicht weiter hinterfragt wurde. Mein neues Handy steckte ich als erstes ein, ein Nokia mit dieser grüngelblichen Bildschirmfarbe, *Snake* konnte man darauf spielen. Das Handy klaute ich, weil ich tatsächlich bei Stella übernachten wollte, nachdem ich bei Timo gewesen war. Das Herz schlug mir bis zum Hals, als ich in den kleinen Weg zu seiner Haustür bog. Timo zeigte mir sein Zimmer. Er stellte einen Amaretto auf den Couchtisch, weil ich ihm ein paar Tage vorher gesagt hatte, es sei mein liebstes alkoholisches Getränk. Noch nie hatte ich Amaretto probiert, aber ich fand, es klang mehr nach einer Frau als nach einem Mädchen. Der Film, den wir schauten, war *Verrückt nach Mary*. Cameron Diaz und Ben Stiller. Sie brauchen ewig, um sich zu kriegen.

»Die haben ja ewig gebraucht, um sich zu kriegen!«, sagte ich.

»Muss man sich denn immer kriegen?«, sagte Timo.

»Manche Leute schon.«

»Welche Leute?«

»Na, irgendwelche Leute halt.«

Timo Marquardt sah aus, als hätte er da noch nie so genau drüber nachgedacht. Er stimmte mir zu, und ich fragte mich, ob ich jetzt vielleicht doch zu forsch gewesen war.

»Mir sind Menschen, die heiraten und Kinder bekommen, ein Rätsel«, sagte Timo.

»Also streng genommen ist die Liebe eine ziemliche Quatschsache«, sagte ich.

»Aber wenn es eine Quatschsache ist, warum verlieben sich dann alle?«, fragte er.

»Weil es eine gute Quatschsache ist. Die beste Quatschsache, die es auf der Welt gibt. Also glaube ich.«

Nach meinem zweiten Amaretto bekam ich Schwierigkeiten. Das Wohnzimmer drehte sich, der Fernseher drehte sich, immer wenn ich zu Timo rüberschaute, drehte er sich auch. Timo machte keine Anstalten, seinen Arm um mich zu legen. Ich war verunsichert. Vielleicht wollte er tatsächlich nur einen Film mit mir schauen. Vielleicht war ich nur ein nettes Mädchen aus der Schule. Der Film ging zu Ende, nichts, außer einem Gespräch, war passiert. Ich ging aufs Klo. Aber eigentlich nur, um mich vor dem Spiegel zu sammeln. Hinter dem Spiegel im Schrank Unmengen von Kosmetika. Parfüms und Pasten. Mein Blick fiel auf eine Postkarte. Ein Gemälde auf einer Postkarte von einem Typen, dessen Ding offensichtlich nackte Frauen gewesen sein mussten. In der Mitte war nämlich eine nackte Frau mit rapunzellangen Haaren zu sehen, die mit der einen Hand ihre Brust und mit der anderen Hand ihren Schoß bedeckte. Mit ihren schmächtigen Schultern, dem langen Hals und der üppigen Taille stand sie in einer übergroßen Muschelschale an einer Meeresküste; eigentlich sah sie eher so aus, als würde sie schweben, umringt von einem eng umschlungenen Paar, das der Nackten irgendwas zupustete, während auf der rechten Seite eine angezogene Frau ihr einen purpurroten Mantel zuwarf. Was genau auf dem Mantel zu sehen war, konnte ich nicht genau erkennen, aber mir gefiel, wie der Stoff im Wind flog, wie er fast die Haarspitzen der nackten Frau berührte. Ob sie etwas Bestimmtes verkörperte? Das Gesicht der nackten Frau strahlte jedenfalls eine ungeheure Ruhe aus, eine Unschuld, die sich mit zu viel Amaretto unmöglich ganz entschlüsseln ließ. Ein bisschen rätselhaft richtete sich ihr Blick nach unten, fast als wolle sie von dem Wirbel um sie herum gar nichts wissen. Im Hintergrund schwappte das Meer mit kleinen runden Wellenbögen, die eher simpel als detailliert gemalt waren, aber mir ein innerliches Nicken abgewinnen konnten. Gäbe es einen Geruch für dieses Bild, dachte ich, würde es nach etwas Süßlichem duften. Vanilleblüten und Mandelmilch vielleicht. Ich ballte meine Hand zu einer Faust, dabei stellte ich mir vor, ich würde ein Knäuel Watte darin kneten, so angenehm weich fühlte sich das Bild auf meinen Augen an. Ich verstand das Bild nicht, aber mir gefiel, was ich da sah.

»Dann gehe ich jetzt wohl mal besser«, sagte ich, als ich vom Klo wiederkam.

Timo sprang sofort vom Sofa auf. »Ich bringe dich noch ein Stück.«

Wir verließen die Wohnung, so zügig, als hätten wir beide gleich noch einen Termin. Ich hatte Probleme, geradeaus zu laufen. Ich fragte mich, bis wohin er mich wohl bringen wollte. Nach zehn Minuten standen wir an der Bushaltestelle, wo ich seit einem Jahr nur dann in den

Bus einstieg, wenn er drinnen saß. Es war unglaublich, dass wir jetzt hier nachts zusammen standen. Moabiter Straße / Ecke Rathenower Straße, direkt am Moabiter Gefängnis. Timo sah niedlich aus im Laternenlicht, ich mochte sein Gesicht und die gegelten Haare. Es war nett gewesen, ein schöner Abend mit Amaretto und Film, ich war verliebt. Einseitig, aber das machte mir nichts. Gute Nacht, mein Busjunge. Ich wollte mich gerade umdrehen, da griff Timo nach meinem Arm. Er zog mich zu sich heran. »Ich wollte dich schon den ganzen Abend über küssen.«

Ich riss meine Augen auf.

»Hast du schon mal einen Jungen geküsst?«

»Klar. Schon richtig viele.«

»Okay.«

»Und hast du schon richtig viele Mädchen geküsst?«

»Geht so.«

Wir schauten uns an.

»Timo?«

»Ja.«

»Schon gut.«

»Darf ich dich küssen?«

Ich brachte kein Wort heraus, nur ein Nicken, mehr bekam ich nicht hin. Timo Marquardt nahm mein Gesicht zwischen seine Hände. Er küsste mich. Und ich küsste ihn. Zum ersten Mal fühlte ich die Lippen eines Jungen auf meinen. Der Kuss war schön, aber noch schöner war es, wie er sich langsam nach vorne gebeugt hatte, um mich zu küssen. Ich lächelte, drehte mich um und ging schließlich meinen Weg.

Zu Hause bei Stella ließ ich die gesamte Aufregung raus. »Stella, wir haben uns geküsst!«

Stella applaudierte und sprang mir in die Arme. »Hat er dich mit Zunge geküsst?«

Ich demonstrierte meine Haltung, legte meinen Kopf zur Seite. »Ja, mit Zunge, und es war gar nicht so feucht, wie ich immer dachte. Es hat sich weich angefühlt.«

Wenig später lagen wir im Bett, immer noch war ich betrunken. Stella flüsterte, ich hörte es kaum. »Judith?«

»Ja.«

»Ich bin schwanger.«

*

Als mir Stella am nächsten Morgen ein Ultraschallbild hinhielt, fiel ich noch mal aus allen Wolken. »Du bist echt schwanger?« Stella schaute gedankenverloren aus dem Fenster, ich starrte das Bild von einem Fötus an, der, wie es rechts unten stand, im Dezember auf die Welt kommen sollte, und dann wieder rüber zu Stella.

»Ich lass es wegmachen«, sagte sie, ohne mich dabei anzuschauen.

Ich wusste, Stella hatte schon viel mehr Erfahrung als ich in allem, also widersprach ich nicht. Im Grunde traute ich mich kaum, ihr irgendetwas zu sagen. Stella hatte keinen Vater in Berlin, sondern einen in Süddeutschland, zu dem sie einmal im Jahr in den Sommerferien fuhr. Ihre Mutter war seit ihrem achtzehnten Lebensjahr alleinerziehend. Ich erinnere Stellas Mutter genau, die immer die Fenster weit offen stehen ließ. Auch im Winter war die Wohnung auf Durchzug, was bedeutete, dass ich, wenn ich morgens Stellas Zimmer verließ, um ins Bad zu gehen, das Bedürfnis hatte, mir Jacke und Schuhe anzuziehen. Die Kälte war Grund genug für mich, nicht so oft bei Stella zu übernachten wie sie bei mir.

Das Ultraschallbild war ein Geheimnis zwischen uns beiden, wir trugen es behutsam mit zu mir und sprachen erst wieder darüber, nachdem wir die Bar meiner Eltern geplündert hatten. Es war eine kleine Holztheke mit einer runden Glasscheibe, die mein Vater in den Rahmen eingearbeitet hatte. Ich ließ eine Bacardi-Flasche in mein Zimmer mitgehen. Wir mischten sie mit River Cola von Aldi. Hälfte Bacardi, Hälfte Cola. Ich kotzte schon nach dem ersten Glas in meinen Papierkorb. Stella lachte.

»Hat er sich eigentlich schon bei dir gemeldet?«, fragte sie.

Der Geschmack in meinem Mund war seltsam und unangenehm. »Nein, er antwortet nicht auf meine SMS.«

»Nimm das nicht so ernst. Kerle sind nun mal so. Du kommst jetzt in eine Phase, wo viele Kerle dich attraktiv finden, mit dir rummachen möchten, aber halt nichts Ernstes von dir wollen.«

»Ich verstehe das alles nicht.«

»Ich steige durch die Sache auch noch nicht komplett durch. Ich habe gelernt, an die Kerle nicht mehr mit zu viel Hoffnung ranzugehen.«

»Aber der eine wird kommen. Oder?«

»Süße, Liebe macht unglücklich.«

»Stella?«

»Ja?«

»Wenn du ein Kind bekommen möchtest, dann helfe ich dir.«

»Sag doch so was nicht.« Stella schaute mich böse an.

»Du bist doch aber meine allerbeste Freundin, natürlich stehen wir das gemeinsam durch.«

Mit 16 schwanger werden stellte in meiner Welt kein Problem dar. Ich hatte Eltern, die zwar nicht vor Freude an die Decke gesprungen wären, aber die sich vermutlich bereit erklärt hätten, mir ebenso zu helfen, wie ich bereit war, Stella zu helfen. »Nur keine Drogen«, sagte meine Mutter immer. »Werdet schwul oder lesbisch, bekommt Kinder oder bringt Sechsen nach Hause. Aber wehe, einer nimmt Drogen.« Was meine Mutter wohl sagen würde, wenn ich ihr von Stellas Schwangerschaft erzählte, fragte ich mich und pustete Zigarettenrauch aus meinem Fenster. »Stella, ehrlich jetzt. Ich bin für dich da. Du bist nicht alleine«, lallte ich.

»Danke.«

»Ich könnte mir einen Job suchen, damit du Babykram kaufen kannst«, lallte ich.

»Würdest du mitkommen in die Klinik?«, lallte Stella.

»Natürlich komme ich mit zu deiner Abtreibung«, lallte ich zurück.

»Robin kommt auch mit, hat er gesagt.«

»Scheiße, du hast ne Abtreibung vor dir«, lallte ich.

»Ja, ’ne scheiß Abtreibung«, lallte Stella.

»Abababab...«

»…treitreitreibung.«
»Du bist besoffen.«
»Du bist besoffen.«

Obwohl das nun schon sehr lange zurückliegt, kommen immer mehr Erinnerungsfetzen in mein Bewusstsein zurück. Der Eingriff damals dauerte nicht lang, die Entscheidung, es zu tun, im Grunde auch nicht, nur die Gedanken an Stella hallten eine ganze Weile nach. Ich weiß noch, wie ich während des Eingriffs mit Robin am Kurfürstendamm spazieren ging. Wir tranken in einem Café eine Limo, erzählten von unserem stressigen Schulalltag und was wir nach dem Abi gerne machen würden. Ich mochte ihn; von allen Jungs, die mir Stella vorgestellt hatte, war er eigentlich am besten, deswegen fand ich es fast schon schade, dass sie keine Eltern werden würden, was ich aber nicht aussprach, weil es bescheuert war, so etwas zu denken.

An diesem Tag schwänzten wir alle drei den Unterricht. Es war nicht Robin, den Stella im Aufwachraum sehen wollte, sondern mich. Die Arzthelferin hatte mich schon auf dem Weg zu Stellas Bett darauf vorbereitet, dass Stella ganz schrecklich weine. Ich huschte durch zu ihrem Zimmer, hielt mich an den Schnallen meines Rucksacks fest, der Blick starr auf den Boden gerichtet, folgte der freundlichen Arzthelferin, die offensichtlich Mitleid mit Stella hatte.

So zerbrechlich, so hilflos wie in diesem Bett hatte ich meine taffe Stella noch nie gesehen. Sie weinte bitterlich, und sie zitterte, was die Arzthelferin mit der Narkose erklärt hatte. Die Arzthelferin verließ das Zimmer. Nichts fiel mir ein, was ich hätte sagen können. Ich nahm Stellas Hand in meine und wartete, bis sie aufhören würde zu weinen. Ob Timo mich ebenfalls begleiten würde, fragte ich mich kurz. Als wir Stella zu Robin nach Hause brachten, saßen wir noch ein paar Stunden zu dritt zusammen auf dem Hochbett. Das Ultraschallbild hielt Stella die ganze Zeit über in der Hand, sie wollte es niemals wegschmeißen. Wir redeten über den Fötus, den es nun nicht mehr gab, das Baby, das er hätte werden können. Darüber, welches Geschlecht es wohl gewesen wäre und wie keiner von beiden auch nur jemals für das Kind hätte sorgen können. Ich glaube nicht, dass unsere Überlegungen besonders hilfreich für Stella waren. Aber was soll man als dummer Teenager schon anderes reden als das, was wir im Fernsehen mal darüber gesehen hatten. Als ich 15 Jahre später in der Praxis meiner Frauenärztin anrief, um zu sagen, ich hielte einen positiven Schwangerschaftstest in der Hand, sah ich das alles genau vor mir. Die Arzthelferin fragte: »Sind das gute oder schlechte Nachrichten?« Ich sagte: »Ich bin mir nicht sicher.«

Zu dritt sprachen wir also viel über das, was nur Stunden zuvor passiert war. Danach nie wieder. Bei der Verabschiedung wünschte ich Stella eine gute Besserung, so als hätte sie nur eine kleine Grippe zu bewältigen. Stella und Robin trennten sich. Und irgendwann verloren auch wir uns aus den Augen.

Ein paar Tage später schrieb mir Timo eine SMS, wie schön er unseren Abend fand. Ich schrieb zurück, ich fand ihn auch gut. Wir verabredeten uns für den nächsten Tag auf dem Hof. Ich hoffte, wir würden unseren Abend wiederholen, aber Timo erklärte, er wolle mich nicht noch einmal treffen. Es war gut und alles, aber er war nicht in mich verliebt. Zwei Wochen später kam Timo mit Ulrike zusammen. Sie war auf einer anderen Schule. Irgendwann, ein paar Jahre später, schnappte ich auf, Timo Marquardt hatte sich mit ihr verlobt und ging zum Bund. Es brach mir das Herz, wie man es sich vorstellen kann. Mein erster Kuss war trotzdem wunderschön. Nichts konnte mir das nehmen, nicht mal der Küsser selbst.

*

Ich fahre mit dem Sohn abends in eine Bar in Friedrichshain, um nach meiner E-Zigarette zu suchen. Der erste Monat nach dem Umzug ist vorbeigezogen. Betrunken habe ich in der Nacht zuvor mein Rauchgerät irgendwo in einer Couch verloren.

Bruno hat gesagt, ich soll nicht mehr rumliegen. Und er hat gesagt, wenn ich schon rumliege, dann soll ich wenigstens ein Fenster aufmachen. Bruno weiß, dass ich niemand bin, der frische Luft in die Wohnung lässt, was ja auch immer so ein Streitpunkt zwischen uns gewesen ist. Bruno macht sich Sorgen, ich könnte beim Rumliegen ersticken.

Es ist Sonntag, und ich bin jetzt wieder eine Frau mit einem Nachtleben. Wir laufen in die Bar rein, der Sohn trägt eine Schlafanzughose und Gummistiefel. Etwas irritiert schaut mich die Kellnerin von letzter Nacht an. »Na, wer bist ’n du?«, fragt sie mit aufgerissenen Augen den Sohn, der das erste Mal in seinem Leben in einer Bar steht. Wir plaudern kurz, dann suche ich nach der E-Zigarette. Der Sohn macht es sich auf einem Barhocker bequem. Es dauert nicht lange, und ich finde das schwarze Teil, auf dem immer noch eine Zigarette steckt. Den ganzen Tag habe ich nicht geraucht, und ich möchte sie sofort andrücken. Wenig später sitzen wir wieder im Auto. Der Sohn guckt fröhlich aus dem Fenster. »Einmal müssen wir noch wo hinfahren, ja, Mausi?«

Ich nehme mein Handy und wähle die Nummer. Ich sage:

»Poznan mein Name, ist das hier die Notdienst-Apotheke? Ich hätte gerne die Pille danach.«

Ich schlage mir einmal ordentlich ins Gesicht. Warum zum Teufel nenne ich meinen Namen? Die Apothekerin am Telefon sagt, ich könne kommen. Die Apotheke ist nur ein paar Minuten von der Bar entfernt, also sage ich: »Bis gleich.«

Ich atme einmal tief durch. »Nur ein kurzer Halt!« Dem Sohn scheint es egal zu sein. Wir parken dann in einer Nebenstraße am Ring-Center, und ich verspreche was Süßes, als ich den Sohn aus seinem Sitz hole. Am Schalter steht bereits die Apothekerin. Sie sieht jünger aus als ich, was mich irgendwie erleichtert.

»Ich hatte gerade angerufen. Wegen der Pille danach.«

Kleinlaut, wie sonst sagt man so etwas? Der Sohn springt aufgeregt um mich herum. Ob er mal kurz hoch zu der Luke könne. Ich hebe ihn hoch. Mein Sohn: »Hallo.«

Ist das Ihr Kind, fragt die Apothekerin. Ich sage Ja. Zögere ein bisschen und beobachte ihre Reaktion gespannt. »Lustige Geschichte, wie ich zu ihm kam«, sage ich. Der Sohn zieht an mir, und durch die Maske, die die Apothekerin trägt, verstehe ich kaum ein Wort.

»Ich hab sie hier schon für Sie bereitgelegt. Ich muss Ihnen aber vorher noch ein paar Fragen stellen.«

Ich muss mich wirklich konzentrieren, um ein Wort zu verstehen.

»Mama, guck mal, was ich kann!« Der Sohn macht einen Schweinebaumel am Stufengeländer. Ich drücke mein Ohr an die Scheibe, die Apothekerin bemüht sich, lauter, aber dennoch ruhig zu sprechen.

Mir wird plötzlich ganz heiß. Fragen, okay, ein paar Fragen.

»Wann war der letzte erste Tag Ihrer Periode?«

»Oh, Gott sei Dank nur solche Fragen!«

Die Apothekerin guckt mich überrascht an. »Was dachten Sie denn?«

»Ich dachte, jetzt kommen moralische Fragen.«

»Äh, nein.«

Ich sage: »Am fünften.«

»Gut. Und wie lange ist der ungeschützte Verkehr her?«

»15 Stunden.«

»Gut.«

»Kann man so sagen.«

»Wie lang ist Ihr Zyklus?«

»Ich muss schätzen! Vielleicht so 31 Tage.«

»Wie verhüten Sie sonst?«

»Ab jetzt nicht mehr nur noch teilweise mit Kondom.«

Die Apothekerin schließt ihre Augen und rechnet.

»Waren Gefühle mit im Spiel, wissen Sie.«

»Das müssen Sie mir nicht erklären.«

»Ich weiß.«

»Könnte sein, dass Sie Ihren Eisprung schon hatten oder vielleicht noch bekommen.«

»Okay.«

Dann erklärt sie, was ich zu tun habe. Und welche Nebenwirkungen auftreten können. Dass ich eventuell Kopfschmerzen bekommen kann in den nächsten vier Stunden und dass ich mich übergeben könnte. Wenn ich mich übergebe, bringt die Pille nix. Mein Zyklus wird sich jetzt um fünf Tage verschieben.

»Ich bekomme also keine Panik«, sage ich.

»Nein, fünf Tage nach hinten sind normal.«

Ich schaue rüber zum Sohn.

»Okay. Wie viel macht die Pille?«

»38 Euro.«

»38 Euro? Kann die Pille noch was anderes?«

Gleich grinst sie unter ihrer Maske.

»Nehmen Sie sie jetzt zügig, ja?«

»Mach ich.«

Die Apothekerin reicht mir die Pille. Und zwei kleine Gummibärchentüten für den Sohn. Sehr kinderfreundlich, denke ich.

»Eine Frage habe ich doch noch.«

»Natürlich.«

»Kann der Uterus kaputtgehen?«

»Nein, keine Sorge.«

»Danke.«

Wir gehen zum Auto, und ich schnalle den Sohn an. Ich öffne die Packung, steige aber nicht ein. Vom Sohn drehe ich mich weg. Ich nehme einen Schluck Wasser und schlucke die Pille runter. Eine E-Zigarette, dann fahren wir los.

*

Der Junge weckt mich, indem er sein Knie in meinen Bauch rammt. Ich lege meine Hand vorsichtig auf seine Stirn und sage leise: »Guten Morgen, Mausi.« Keine Regung im Gesicht, nur eine schwungvolle Drehung auf die andere Seite. »Mausi, wir müssen wach werden.« Ich rüttle ein wenig am Körper meines Sohnes, der, wenn er schläft, sich wie ein wohlgeformter Wackelpudding in Bewegung setzt.

Der Sohn dreht sich zurück, seine Augen blinzeln. »Ist schon der Hahn da?«

»Ja, es wird Zeit, wach zu werden.«

»Ist gar nicht mehr duster?« Er lächelt.

»Nein, schau.« Ich stehe auf und ziehe die Vorhänge beiseite. Etwas, was mein Sohn sehr gut kann, ist, innerhalb weniger Sekunden von schlafend in springend überzugehen. Mütterliche Hinweise, dass man Stück für Stück wach wird, erst die Augen öffnet, dann die Arme streckt und anschließend nichts weiter macht, als mit geöffneten Augen liegen zu bleiben, liefen bisher ins Leere. »Nicht springen«, sage ich streng und muss trotzdem darüber lächeln, wie viel Motivation in diesem kleinen Körper steckt.

Doch gut, dass ich nicht einfach abgehauen bin. Mein hüpfender, über beide Backen strahlender Junge, der es immer schafft, mich mit seiner Energie anzustecken. Die Zeit, die ich mir nehme, ihn genüsslich zu beobachten, jede Bewegung, jedes Bücken, jedes Drehen innerlich abfotografiere, weil die Woche mit ihm jetzt durch zwei geteilt ist. Ich hänge mehr denn je an dem Jungen, was in mir die Befürchtung zementiert, dass sich unser Band später desto schwerer trennen lassen würde, je stärker es jetzt wird.

»Auf den Rücken!«, ruft der Junge.

Ich wuchte meinen Hintern auf die Bettkante und warte, dass der Junge seine Arme um meinen Hals legt, damit wir abheben können. Merkwürdig, wie wir uns beide in der Wiederholung alter Routinen üben, von denen wir nur ein paar Straßen weggezogen waren. »Schön festhalten!«, rufe ich und erhebe mich langsam. Duuuf-duuuf, Abflug. Der Junge findet es urkomisch, wie ich bepackt mit ihm vor dem Spiegel stehe. Jedes Mal fängt er mit den Beinen an zu zappeln, und ich kreise wie Elvis Presley zu seinen besten Zeiten mit der Hüfte. »Alexa, spiel *Suspicious Minds.*« Dann laufe ich durch zum Bad, lasse den Jungen runter, gebe ihm einen Kuss auf die Stirn und sage: »Die

Fahrt ist zu Ende! Lass laufen.« In der Zeit gehe ich zur Küchenzeile, setze das Wasser auf und drücke den Knopf der Kaffeemaschine. Der Junge kommt aus dem Bad.

»Keine Ratte gesehen.«

»Sehr gut. Willst du Kakao?«

Das Lied spielt zum zweiten Mal den Refrain. »*We can't go on together with suspicious minds. And we can't build our dreams with suspicious minds.*« Ich schließe meine Augen und genieße kurz Elvis' Stimme. Jetzt gehe ich ins Bad, setze mich auf den Toilettenring und schaue zuallererst in meine Unterhose, ob da Blut ist. Die Apothekerin hatte zwar nichts von Blut gesagt, aber irgendwas in meinem Kopf denkt, es könnte vielleicht so was wie eine Blutung kommen. Der Junge öffnet die Tür, in der einen Hand hat er eine Milchschnitte, in der anderen Hand mein Handy. »Es hat gebimmelt«, sagt er. Bruno hat angerufen, ich drücke auf die Schaltfläche zum Rückruf.

»Hey, ich wollte nur fragen, ob bei euch alles gut ist. Du warst gestern ein bisschen komisch drauf.«

Ich betätige die Spülung. »Nein, alles gut.« Es klingelt an der Tür. »Warte mal kurz.« Schnell ziehe ich meine Hose hoch.

»Guten Tag.«

»Tag.«

»Ich sammle Geld für die medizinische Versorgung von Obdachlosen hier im Kiez.«

»Perfekt!«

Ich nehme das Handy wieder ans Ohr.

»Bruno, ich kann grad nicht. Ruf dich später zurück.«

»Sie können ruhig noch telefonieren.«

»Nee, schon gut. Wo waren wir?«

»Na ja. Also alle spenden immer nur für Kinder in Afrika. Wir dürfen die Obdachlosen aber nicht vergessen.«

»Wow, das ist dein Verkaufsargument, ja?«

»Nicht gut?«

»Komm, ich spende.«

Er holt sein Tablet raus, und ich fülle das Formular aus.

»Was soll ich eingeben? 50 Euro?«

»60 wären besser. Dann sind es fünf Euro pro Monat.«

Der Typ hat Schneid.

»Okay, 60.«

»Moment, ist das eine Mitgliedschaft?«

»Für zwei Jahre.«

»Meine letzte Beziehung hielt viereinhalb Jahre.«

»Okay.«

»Also die Mitgliedschaft verlängert sich jedes Jahr automatisch.«

»Aha.«

»Für die Obdachlosen! Fehlt nur noch die Kontonummer.«

»Gleich hier? Meine Kontonummer?«

»Ja.«

»Alter! Hast Glück, dass ich nicht mit meinem Ex-Freund telefonieren möchte.«

»Hä?«

»Egal. Hoffe, du bist wirklich von einer Organisation.«

»Bin ich!«

»Hast du heute schon Erfolg gehabt?«

»Nee, bist die Erste, ehrlich gesagt.«
»Wie heißt du?«
»Dennis.«
»Dennis, ich bin nicht überrascht.«

Ich schließe die Tür und betrachte meine Wohnung. Die neuen Stühle, die um den alten Tisch stehen. Den Tisch wollte ich unbedingt mitnehmen. In der Mitte jetzt die braune Vase, die vorher auf der Kommode im Flur stand. Vor ein paar Wochen hätte ich noch jemanden gebraucht, der mir sagt, welche Stuhlanordnung besser aussehen würde. Die Stühle gegenüber oder nebeneinandergestellt. Es sieht gar nicht so schlecht aus, wie ich die Tischecke organisiert habe. Zwei Stühle nebeneinander, ich habe das ganz alleine entschieden. So, wie ich entschieden habe, dass der Junge sein eigenes Zimmer bekommt. Es kam mir herzlos vor, mir ein Schlafzimmer und ein Wohnzimmer einzurichten, auch wenn der Junge nichts mit eigenen Zimmern anfangen kann, weil er vor allem da spielt, wo es Spielzeug und Platz gibt. Unter dem Holzschrank im Bad, auf dem Podest auf dem Balkon, dem Teppich neben meinem Bett.

Ab Moabit hatten mein Bruder und ich immer jeder sein eigenes Zimmer. In der Flemingstraße war es aber so, dass ein Zimmer das Durchgangszimmer war. Zu einem kleinen Zimmer ganz hinten, aber auch zum Bad. Die Zimmer tauschten wir regelmäßig. Das große Durchgangszimmer gegen das kleine Hinterzimmer. Im kleinen Hinterzimmer fühlten wir uns beide am wohlsten. Es war das beste Zimmer. Der Notfallplan sah wie folgt aus: Sollte es zu einem Brand oder Einbruch vorne kommen, rechnete ich mir im hinteren Teil der Wohnung höhere Überlebenschancen aus. Man konnte für den Fall, dass vorne bereits alle verloren waren, die Tür abschließen und eilig die Matratze aus dem Fenster werfen. Es waren sechs Schritte. Zwar lebten wir in der zweiten Etage, aber über der ersten Etage gab es eine Plane, die ich liebte, weil bei Regen die Tropfen so schön auf ihr trommelten – auf die hätte ich die Matratze werfen können. Ganz sicher hätte ich mich noch einmal vergewissert, ob wirklich alle verloren waren, mindestens meinen Bruder hätte ich ja retten können, und wäre dann gesprungen.

Wenn ich eine Wohnung besichtige, schaue ich immer nach den Fluchtmöglichkeiten. Ich würde niemals in eine Wohnung oberhalb der dritten Etage ziehen. Und natürlich stelle ich mir immer die obligatorische Frage, welche Dinge ich mitnehmen würde, käme es zu einem Brand. Das Logbuch, in dem ich zwei Jahre lang die Entwicklung des Jungen festgehalten habe, Laptop und Handy, das Hochzeitsfoto meiner Großeltern. Und das Foto von uns vieren kurz vor der Wende. Mama trägt eine Perlenkette, Papa einen Schnauzer.

Ich versuche, mich zu erinnern, wann ich das letzte Mal an einen Notfallplan gedacht habe. Ich nehme mir aus dem Kühlschrank eine Dose Cola. Morgen ist der Junge bei Bruno. Manche Leute sagen ja, ein eigenes Zimmer lohne sich gar nicht für ein Kind, das nicht die ganze

Woche bei einem verbringt. Darüber habe ich lange nachgedacht. Als wir neulich an einer Baustelle vorbeiliefen, blieb der Junge plötzlich vor dem Gerüst stehen, auf dem ein Bauarbeiter stand. »Was baust du denn?«, fragte der Junge, und ich war mächtig stolz, wie er da so stand und auf eine Antwort wartete.

»'nen Haus«, sagte der Bauarbeiter.

»Kann man da einziehen?«, fragte der Junge.

»Klar, du kannst hier in das Haus einziehen.«

»Nee«, sagte der Junge. »Brauche kein Haus mehr. Hab schon zwei.«

*

Ich hole den Jungen pünktlich aus der Kita ab. An seinem Gesicht erkenne ich, dass es ihm nicht passt. Vielleicht erkenne ich es auch daran, dass er sich vor der Kita-Tür auf den Gehweg wirft und laut sagt: »Ich will bei Papa schlafen.«

Sofort dreht sich mir der Magen um. »Mausi, du schläfst heute bei mir.«

Der Junge lässt sich davon nicht beeindrucken, er will bei Papa schlafen. »Nicht bei dir!«

Da stehe ich natürlich nicht schlecht mitten auf dem Gehweg, der Junge mit seinem Hintern auf dem kalten Boden. Mit Mühe bekomme ich ihn wieder aufgesetzt, gehe in die Hocke, streichle ihm einmal über sein Gesicht. Die Stimmung kann bei einem Kind so schnell kippen; ich versuche, nicht zu provozieren, Wut wäre jetzt fatal. Noch mal: »Ich will bei Papa schlafen.« Natürlich weiß er, wo sein Vater wohnt, von der Kita bis zur Wohnung sind es nur ein paar Häuser. Er läuft Richtung Wohnung, er stapft dabei wütend auf den Boden. Jeder Schritt macht deutlich: Der Junge will nicht mit zu mir. Die ausdauernde Kopfkraft, ihn zurückzuhalten, habe ich nicht, also laufen wir über die Straße. Vor der Haustür versucht er dann reinzukommen. Das Tor ist zu. »Bei Papa schlafen. Bei Papa schlafen.« Meine Geduld, sie fliegt weg, ich kann noch sehen, wie sie mir freundlich zuwinkt. Der Junge drückt mich schnell zur Seite, er schubst und fuchtelt mit den Armen. »Ich will bei Papa schlafen! Mama! Ich will bei Papa schlafen! Nicht bei dir! Ich will bei Papa schlafen!«

Von der Haustür aus kann man den Balkon sehen. Ich schlage vor, dass wir doch mal zum Balkon gehen können, weil der immerhin schon mal näher an der Bushaltestelle ist als das Gittertor. Der Sohn ist einverstanden und stapft zum Balkon; die Hoffnung, je länger das hier dauert, desto schneller vergisst er, was er wollte, löst sich in Luft auf. Vor dem Balkon fängt er schließlich an, nach seinem Vater zu rufen. »Nein, es reicht jetzt! Du schläfst bei mir!«

Bruno kommt auf den Balkon, versteht nicht, was da gerade los ist. Der Sohn streckt sich weit nach oben zu seinem Vater, er versucht, den Balkon hochzukommen, seine kleinen Fingerchen versuchen, die knapp zwei Meter hohe Balkonbrüstung zu erreichen. Was für ein Anblick. Ich denke, mein Kind ist ein theatralisches Kind. Tränen laufen jetzt mein Gesicht runter, die Theatralik hat er von mir. Bruno hängt über dem Geländer und redet dem Jungen gut zu.

»Papa, ich will bei dir schlafen!«

Bruno schaut zu mir. »Du schläfst doch aber heute bei Mama.«

Genug! Ich ziehe an dem Jungen, packe ihn an den Armen. »Zu Papa! Zu Papa!«, ruft er, als wäre ich eine Feindin, der er schleunigst entkommen muss.

Ich rüttle an ihm. Ich brülle: »Du schläfst nicht bei Papa, du schläfst bei mir! Hörst du mich? Bei mir!« Die Tränen hören nicht auf zu laufen, der Junge schaut mir direkt in die verheulten Augen. Er ist irritiert, aber lässt nicht ab.

»Ich will bei Papa schlafen!«

Ich lasse den Jungen los und sacke nun ganz runter auf den Boden. Bruno versucht von oben, den Jungen weiter zu beruhigen. Er besticht ihn mit einem Keks. Einem Keks! Das soll helfen. Es hilft. Der Junge, wie ausgewechselt, steht vor mir und beißt in seinen Keks.

»Können wir jetzt gehen?«, frage ich. Der Junge sagt Ja.

Bruno guckt mich an, er hat immer noch nicht ganz verstanden, was da gerade passiert ist. Er sagt: »Tut mir leid.« Mehr als nur abwinken kann ich nicht. Ich nehme den Jungen auf den Arm, wir laufen los zur Bushaltestelle.

»Du bist schwer geworden.«

»Weil ich so viel gegessen habe?«

»Ja, Mausi.«

»Und werde ich mal ganz groß?«

»Ja.«

»Wie Paul?«

»So groß wie Cousin Paul.«

»Wann denn?«

»Paul ist zwölf Jahre alt, und du bist fast vier. In acht Jahren bist du so groß wie der Paul.«

Wir laufen weiter. Gleich sind wir an der Bushaltestelle. Meine Knie sind weich, aber ich drücke den Sohn ganz fest an mich. Unsere Gesichter sind aneinandergeschmiegt.

»Mama«, sagt er.

»Ja, mein Schatz?«

»Jetzt bin ich schon fünf Minuten gewachsen.«

*

Meine Mutter findet, Gartenarbeit ist eine Sache zum Verschnaufen. Ich sitze bei meiner Mutter auf der Terrasse. Jeden Frühling wartet sie ungeduldig auf ihre Hyazinthen und ihren Flieder, die sie im Herbst liebevoll geschnitten und eingepackt hat. Sie zählt an ihren Fingern ab, wie viele Gurkentriebe sie schon gesehen hat. Wenn nicht immer nur diese Blattläuse wären, sie schüttelt ihren Kopf, wenn nur diese Blattläuse nicht wären.

»Ick könnte uns diese Woche noch Kohlrouladen machen«, sagt sie. »Erbsen ham wa auch noch da. Vielleicht 'ne Erbsensuppe, schön mit Speck.« Burghard kommt und streichelt liebevoll ihre Schulter.

»Mama?«

»Wat'n?«

»Ich bin froh, dass du bei mir bist.«

»Wie kommste denn jetzt da druff?«
»Nur so.«
»Ach, meine Dicke.«

*

Die letzten Monate waren die vielleicht anstrengendsten von allen. Ich bin müde davon, ständig über meinen Vater nachzudenken, ich bin müde von den Gedanken an Bruno. Beide Männer immer so präsent – was ich auch tue, ich kann sie nicht verbannen. Nicht wie eine Decke zusammenlegen und in den Schrank packen.

Ab und zu telefoniere ich mit meinem Vater, oder wir schreiben ein paar Nachrichten hin und her. Fragen stelle ich keine. Die Tagebücher aus meiner Jugend habe ich nicht wieder in den Keller getan, sondern weiter neben meinem Bett gestapelt gelassen. Abends lese ich darin. Wenn ich mir die Einträge anschaue, dann überkommt mich natürlich sofort das Grauen, was ich da alles aufgeschrieben habe. Und trotzdem fühlt es sich vertraut an. Ich finde nicht, dass es etwas mit Können zu tun hat, wie ich da die Seiten gefüllt habe. Und doch erkenne ich so viel von dem wieder, was für mein Schreiben bezeichnend geblieben ist. Kleine Momente, die ich festhalten wollte. Es geht um Scham und Scheitern. Um Probleme mit meinen Eltern, um Probleme mit meiner besten Freundin, um Probleme in der Schule und so weiter. Überarbeitet habe ich meine geschriebenen Seiten nie. Es ist kaum etwas durchgestrichen, fast glaube ich, ich habe das, was ich einmal aufgeschrieben habe, danach nicht noch einmal wieder gelesen. Es geht um Gefühle. Die großen und die kleinen. Ich schrieb sie auf, wie sie mir kamen.

Ein Tagebucheintrag, den ich gefunden habe, ist vom 17. März 2001. Ich schrieb über meinen ersten Kuss.

Gedanken umkreisen nur ein Gefühl. Ein Gefühl
des frohen Erwachens. Das Langersehnte sich nun
endlich zur Realität gewandelt hat.
War es Realität, die mich emporriss, oder war es nur
ein Traum?
Wenn ja, möchte ich nie wieder erwachen.
Denn nur allzu schön war es, die Liebe in seinem
Herzen auf meinen Lippen zu spüren. Die Liebe, die
mich umgarnt, mich in die Luft hebt und mir das
Gefühl des vollkommenen Glücks gibt.

Es ist furchtbar. Ich glaube, ich wollte eine Art Gedicht schreiben. Was mir aber daran gefällt, ist nicht der Stil oder die Worte, die ich gewählt habe, sondern der Versuch, etwas über diesen ersten Kuss auszudrücken. Das, was in mir war. Und falls ich diesen ersten Kuss nur geträumt haben sollte, dann dieser daraus resultierende Wunsch einer typischen Jugendlichen, »nie wieder zu erwachen«. Das ist so dermaßen übertrieben, dass ich es schon wieder schön finde. Es macht mich sentimental. Vielleicht auch wegen der Tatsache, dass mein erster Kuss auf denselben Tag wie die Geburt meines Kindes gefallen ist.

Ich schrieb also Texte erst mal nur für mich, als Jugendliche in meinem Zimmer mit Einbauschränken aus Pressspan und Leonardo-DiCaprio-Poster an der Wand. Irgendwann mit Ende 20 stellte ich dann so einen Text ins Internet, weil ich mit meinen Gefühlen und meiner Scham nicht mehr allein sein wollte.

Bis heute verstehe ich mich nur, wenn ich schreibe.

*

Mein Auto steht im Halteverbot, aber nach 20 Minuten durch die Seitenstraßen kurven habe ich keinen Bock mehr. Ich lasse die Scheibe runter und blicke wie eine Kapitänin auf hoher See auf ein Gebäude, das nach wochenlanger Irrfahrt Land bedeuten könnte. Die Fensterscheibe fährt wieder hoch, ich ziehe den Autoschlüssel aus der Zündung. Das Herz schlägt wild, meine Hände sind zittrig, es hilft nicht, wenn ich sie zu Fäusten balle. Die Straße, eine Hauptstraße, ist stark befahren. Es ist schwerer als gedacht, im richtigen Moment aus dem Auto auszusteigen. Unter meinem Arm klemmt ein Buch. Ich laufe schnell über die Straße. Ich stehe vor einer Bankfiliale. Was genau ich hier mache, weiß ich nicht. Wieder umdrehen wäre eine Möglichkeit. Wenn ich Pech habe, ist Timo Marquardt gar nicht da drin, und wenn ich richtig Pech habe, ist er es. Die Möglichkeiten:

1) Er ist nicht da, ich hebe Geld ab und verschwinde wieder.
2) Er ist da und erkennt mich nicht.
3) Er ist da, erkennt mich, will aber nicht mit mir reden.
4) Er ist da, erkennt mich und lacht mich aus.
5) Er ist da und ist sich nicht sicher, ob er mich erkennt.
6) Er ist da, erkennt mich, und ich fange an zu heulen.

Was auch geschieht, auf keinen Fall darf Möglichkeit 6 passieren. Ich öffne die Tür. Die Bank ist voll mit Menschen vor Schaltern. Eine Glaswand trennt die Büros von den Geldmaschinen. Eine Frau steht hinter einem Podest, zu der laufe ich. Möglichkeit 7: Ich eröffne ein Bankkonto, um in die Büros zu kommen.

»Guten Tag, ich würde gerne ein Bankkonto eröffnen.«

»Gut, dann kommen Sie doch einfach mal mit mir mit«, sagt die Frau, die einen strengen Dutt auf dem Kopf trägt.

Ich setze mich auf einen Stuhl und mustere alle Tische. Zwei Plätze sind frei, an dreien sitzen Frauen. Möglichkeit 1: Geld abheben und verschwinden. Geduldig warte ich auf den Dutt. Die Tür geht auf, ein Mann läuft an mir vorbei zu einem der leeren Schreibtische. Ich recke meinen Hals, drehe ihn zu schnell, ein Stechen läuft mir den Rücken runter. Da sitzt Timo Marquardt. Ich drehe meinen Kopf schnell zurück. In meinem Herz liegt eine

Bombe, dudumdum-dudumdum, ich zupple nervös an meiner Bluse, gleich werde ich umkippen, wenn die Frau mit dem Dutt wiederkommt. Jetzt oder nie muss ich aufstehen und rüber zu Timo Marquardt marschieren. Ihm sagen, was ich zu sagen habe, und wieder gehen. Jetzt oder nie. Nie, nein, jetzt. JETZT.

Ich erhebe mich vom Stuhl und laufe rüber zu dem Schreibtisch. Ich setze mich auf den Stuhl vor Timo Marquardt. »Hallo.«

Timo Marquardt tippt auf seiner Tastatur. Er trägt einen goldenen Ring am Finger. Dann sieht er zu mir rüber. »Guten Tag. Wie kann ich Ihnen helfen?«

»Ein Kredit. Ich würde gerne einen Kredit aufnehmen.«

»Sind Sie bereits Kundin unserer Bank?«

Ich habe keinen Spiegel vor mir, aber ich glaube, mein Gesicht ist in keinem guten Zustand.

»Hallo, Timo. Erinnerst du dich vielleicht an mich?«, sage ich.

Timo mustert mich. Dann streicht er sein Hemd glatt, ordnet die Krawatte und mustert mich weiter. »Ich hab dich schon erkannt, als du mit meiner Kollegin zum Tisch gelaufen bist.«

Dass er das jetzt gesagt hat. Ich bin wieder 15.

»Keine Ahnung, was ich hier mache. Ich war alleine in einem Airbnb, blöde Geschichte. Jedenfalls habe ich etwas Wein getrunken, an alte Zeiten gedacht und habe angefangen, dich zu googeln. So habe ich rausgefunden, was du jetzt machst und wo du arbeitest, schlimm, dieses Internet, aber jetzt sitze ich hier nun mal und muss dir was sagen. Bevor du jetzt was sagst, also ich muss dir wirklich was sagen, und dann bin ich auch schon wieder weg.«

Timo Marquardt sagt nichts.

»Vielleicht kannst du ja sagen, dass du gerne hören möchtest, was ich sagen will.«

»Äh, okay. Ich will hören, was du sagen möchtest.«

»Also damals. Da habe ich gelogen. Als ich sagte, ich habe schon viele Jungs geküsst. Du warst mein erster Kuss.«

»Das dachte ich mir schon.«

»Das war's.«

»Was?«

»Na, mehr wollte ich dir nicht sagen. Ich habe unseren Kuss nicht vergessen.«

»Ich auch nicht. Offensichtlich nicht.«

»Das freut mich.«

Es ist schon eigenartig, wie ich da in dieser Bank sitze, wie ich vor meinem Jugendschwarm erröte, wie ich einen fremden Mann daran erinnere, dass wir mal einander nicht fremd waren.

»Es ist gut, dich zu sehen.«

Das hat er nicht gesagt, als müsste er das jetzt sagen. Und dann erhebe ich mich aus meinem Stuhl, wünsche Timo Marquardt eine großartige zweite Lebenshälfte, der man ja unbedingt wesentlich mehr Pommes hinzufügen sollte.

Bruno stand nachts vor mir auf der Straße. Von der Bar zu ihm waren es 57 Schritte. Die Straße ging in eine komische Richtung, ich hatte keine Ahnung, wo wir langliefen. Ich fand die Straßenführung in diesem Kiez sehr verwirrend, weshalb ich mich auf meine Schritte konzentrierte. Was, wenn wir uns verlaufen, fragte ich mich.

»Du kennst den Weg aber, oder?«, fragte ich.

Plötzlich stoppte Bruno mitten auf der Straße. Er schunkelte ein bisschen vom Alkohol hin und her. Er steckte seine Hände in die Hosentaschen. Ich fand, er sah torkelnd ziemlich süß aus.

»Wir müssen uns küssen«, sagte er.

Und ich sagte: »Jetzt sofort?«

Er sagte: »Ja, wir müssen doch wissen, wie es so ist.«

Ich nickte und lächelte ihn an. »Herzen wissen zu leben.«

»Bist du immer so?«

»Ja. Bist du immer so?«

»Ja.«

Und dann küssten wir uns.

*

Campingstühle und Biertische sind zu einem Halbkreis aufgestellt worden. Den Garten in der Buchhandlung kann nichts übertreffen. Meine Bühne ist ein Podest, darauf ein schwarzer Sessel mit einem kleinen Tisch nebendran, auf dem Wasser und ein kleiner Wohnwagen stehen. Über mir hat die Buchhändlerin eine Lichterkette in den Baum gehängt, ein hölzernes Vogelhaus und eine Schaukel. Auf einem runden Tisch, eingehüllt in einen cremefarbenen Bezug, als gehöre er eigentlich auf eine Hochzeit, liegt mein Buch zusammen mit einer Vase, in der eine rote Rose steckt. Daneben stehen Getränke, Sekt und Limo, eine kleine Schale mit Snacks. Mein Vater hat mir am Morgen eine Nachricht geschickt, er wünsche mir viel Erfolg in Leipzig bei meiner ersten Lesung.

Als ich es mir auf einem Stuhl im Garten bequem mache, kommen meine Freunde Chrysch und Bahar an. Lena, die Buchhändlerin, die mich eingeladen hat, ist meine ehemalige Azubikollegin, wir kennen uns seit 14 Jahren, sie strahlt übers ganze Gesicht. Wir umarmen uns alle, ich erzähle von der Zugfahrt, von meiner Aufregung, dass mein Campingbuch nun endlich erschienen ist. Katja Körber kommt dazu, sie hat mein Hörbuch eingelesen, ich bedanke mich euphorisch für ihre gute Arbeit. Lena und ich verabreden einen kleinen Geräuschtest mit dem Mikrofon in den nächsten Minuten, was mir Zeit gibt, noch einmal auf die Toilette zu verschwinden und ordentlich durchzuschnaufen. Mein Mascara ist jetzt schon verschmiert, eine Rettungsaktion vor dem Spiegel wird durchgeführt. Als ich rauskomme, stehen die ersten Leserinnen bereits am Eingang vom Garten. Ich setze mich nach vorne. Sage »Check, check« und »Hört man mich gut«. Noch mehr Besucherinnen und zwei Freundinnen lassen sich in die Campingstühle vor mir fallen. Ich kann nicht zum Ausdruck bringen, wie dankbar ich bin, und lächle wild in die Runde. Ich suche mit den Augen den Garten nach Lena ab.

Sind wir startklar? Dann erschrecke ich mich. Von einer auf die nächste Sekunde nehme ich alles nur noch wie ein Standbild wahr. Die Leute reden nicht mehr, die Schaukel hinter mir gibt kein knarzendes Geräusch mehr ab, selbst die Wolken stoppen für einen Moment ihren Zug. Der Garten starrt mich an. Und ich? Ich starre meinen Vater an. Er steht am Eingang, kneift seine Lippen aufeinander und nickt mir zu. Ich bin nicht 35 Jahre alt, bin keine Schriftstellerin. Ich fühle mich wie damals mit 15, wenn mein Vater es doch noch zu einem Basketballspiel von mir geschafft hat. Mein Vater kommt zu mir nach vorn, ich erhebe mich aus meinem Sessel. Wir laufen aufeinander zu, wir fallen uns in die Arme, wir fangen beide sofort an zu heulen.

»Adrian«, flüstert mein Vater.

»Du bist hier«, flüstere ich.

Ich gehe zurück zu meinem Sessel, atme tief, bis in den letzten Winkel meiner Lunge, ein. Und ausatmen. Die Stimmung ist ausgelassen, ich lese den ersten Teil, danach erzähle ich, dass es wirklich so abgelaufen ist. Dass ich selbst nicht mehr so richtig fassen kann, was für einen Quatsch ich da eigentlich gemacht habe. Einen 41 Jahre alten Wohnwagen kaufen – einen Schrotthaufen, wie man ja sagen muss, um meine Familie zu retten. Immer wieder schaue ich zu meinem Vater rüber, den Weihnachtsmann von Leipzig an einem warmen Tag im August. Irgendwann lade ich Katja zu mir nach oben ein, damit sie von ihrer Arbeit am Hörbuch erzählen kann, eine kleine Plauderei über den Beruf einer Synchronsprecherin. Den

Leuten gefällt, was Katja erzählt, der Garten ist mucksmäuschenstill.

Nach der Lesung bleibe ich im Sessel sitzen, was ein schwieriger Moment ist, weil man nicht weiß, ob Leute zu einem kommen und ihr Buch signieren lassen möchten oder man dann wie blöde allein vorne sitzt. Mein Vater stellt sich neben mich. Eine Leserin kommt. Die erste Signatur meines Lebens ist für eine Lisa.

Es soll nicht arrogant klingen, aber ich bin richtig stolz, wie mein Vater stolz neben mir steht, weil ich da Namen in ein Buch schreibe. Allmählich wird es dunkel.

»Du hast schön ausgesehen heute Abend«, sagt mein Vater.

»Danke, dass du da warst.«

»Aus dir ist eine elegante Frau geworden.«

»So ein Quatsch!«

»Kein Quatsch.«

»Du bist Schriftstellerin.«

»Und was wünschst du mir?«

Mein Vater lächelt.

»Liebe ohne Leiden natürlich.«

»Ich dir auch, Papa.«

III

Am schönsten ist es am Vormittag auf meinem Balkon. Wenn die Sonne so gewandert ist, dass die Linde Schatten auf mein Gesicht wirft. Die Blätter veranstalten dann einen kleinen Tanz auf der Betonwand vor mir. Ein Nest ist seit ein paar Tagen im Baum zu sehen. Die Krähenmutter hockt geduldig auf ihren Eiern, während ab und zu der Krähenvater mit Geäst im Schnabel vorbeischaut.

»Noch fünf Minuten!«, rufe ich vom Balkon aus rüber zum Bett.

Der Junge ruft: »Alexa, stell den Wecker auf fünf Minuten.«

Was noch fehlt, ist ein Tisch. Vielleicht einer, den man zur Hälfte einklappen kann, damit er nicht so viel Platz wegnimmt. Man könnte dann im Sommer vielleicht auf dem Balkon frühstücken. Stühle holen wir einfach von drinnen, die brauche ich nicht neu kaufen. Ein Sitzsack würde mir gefallen. Einer, auf den man sich plumpsen lassen kann oder auf dem man die Beine ausstreckt. Die Lichterkette, denke ich, ist das Beste an meinem Balkon. Schließlich strahlt sie so schön ins Zimmer.

Bruno hat neulich gesagt, wie schön die Wohnung mittlerweile aussieht. Wenn Bruno den Jungen abholt, dann setzen wir uns meistens noch zusammen hin.

»Die Kita sagt, die Turnschuhe sind zu klein geworden.«

»Ah, stimmt, soll ich neue kaufen oder du?«

»Ich kann das ruhig machen. Brauchen wir zwei Paare?«

»Nee, ein Paar reicht erst mal, finde ich. Er hat ja noch seine Gummistiefel.«

Wir quatschen natürlich nicht nur über den Kinderkram. Wir fragen, wie es mit der Arbeit läuft, ob bei den Müttern alles in Ordnung ist, ganz manchmal fragen wir auch, wie es den Herzen so geht. Jeden Sonntagabend gehen wir zusammen essen. Der Junge bekommt Kartoffelbrei mit Hähnchenschnitzel. Bruno meist ein Steak und ich die Tagliatelle mit Meeresfrüchten. Die Woche haben wir aufgeteilt, aber Sonntagabend wollen wir zu dritt sein.

Für den Balkon habe ich große Pläne. Ich werde nicht so weit gehen, Tomaten oder Kräuter hochzuziehen, aber so ein bisschen mehr Grün, kurz vor Beginn des Sommers, das würde mir gefallen. Zufrieden schaue ich zu dem Jungen rüber, der behauptet, Alexa hätte gar nicht geklingelt, was natürlich nicht stimmt, weil ich genau gehört habe, wie der Junge sagte: »Alexa, Stopp«, und dann im Flüsterton: »Alexa, stell den Wecker auf eine Stunde.«

Ich stehe auf und strecke mein Gesicht durch den Spalt der Balkontür. »Hat der Wecker gar nicht geklingelt?« Der Junge kichert sich einen weg. »Hast du dein Bild für Papa schon fertig gemalt?« Der Junge springt auf, düst in sein Zimmer und kommt wedelnd mit dem Blatt in der Hand zurück. »Und freust du dich auf deine Tage bei Papa?« Der Sohn nickt freudig in meine Richtung.

Ich ziehe dem Jungen seine Turnschuhe an. »Jacke kann ich alleine, Mama«, sagt er. Ein beseelt lächelndes Kind steht vor mir. »Das haben wir gut gemacht«, flüstere ich. »Nun aber ratzfatz zu Papas Geburtstag.« Ich greife nach meiner Tasche. Ich öffne die Wohnungstür. »Auf die Plätze, fertig …«, rufe ich – klack –, im Hausflur geht das Licht an. Der Junge quetscht sich an mir vorbei und rennt zum Fahrstuhl.

Von Judith Poznan ist bei DuMont außerdem erschienen:

Prima Aussicht

FSC
www.fsc.org
MIX
Papier | Fördert gute Waldnutzung
FSC® C014496

Das bei der Produktion dieses Buches entstandene CO_2 wurde durch die Finanzierung von Klimaschutzprojekten kompensiert:
climate-id.com/17531-2110-1001/de

Mai 2024
DuMont Buchverlag, Köln

Umschlaggestaltung: Lübbeke Naumann Thoben, Köln
Umschlagabbildung: © plainpicture/
Christine Basler – Kollektion Rauschen
Satz: Angelika Kudella
Gesetzt aus der Janson
Druck und Verarbeitung: GGP Media GmbH, Pößneck
Gedruckt auf säurefreiem und chlorfrei gebleichtem Papier
Printed in Germany
ISBN 978-3-8321-6729-5

www.dumont-buchverlag.de